U0122549

於是送你透明雨衣

呂永佳 著

匯智出版

隱藏的狐步

朱少璋

如果「風高浪急，我更想思考散文是甚麼」是詩句，作者要表達的意思恐怕是「風高浪急，我更想思考人生是甚麼」；句中的「散文」很可能是喻體：人生像散文。

一個人又寫詩又寫散文而又對創作有要求的話，到頭來一定給這兩種文學體裁搞死。兩種由構思、表達、語體、修辭以至篇幅都大不相同的文學體裁，不是要同時兼顧那麼簡單，而是要「兼擅」；精神不分裂的話，一定辦不到也做不好。

詩人要寫好散文，在「non-fiction」的掙扎外，還可能要同時考慮「non- poetry」

的問題——前者是內部矛盾，後者是敵我矛盾，都足以致命。閱讀詩人的散文，理解文意時總不能完全抹掉作者的詩人身分。欺人容易自欺難，等閒一句「作者已死，閱讀霸權」任何讀者或評論家都可以輕鬆說出口，但能否真正做得到絕對冷靜絕對客觀卻只有自己知道。我必須坦白承認：我辦不到。

說「舊事重提」，是典型的散文筆法；說「朝花夕拾」，就滿有詩歌的比興意象。魯迅散文集《朝花夕拾》初在《莽原》雜誌上發表時文章的總題正是「舊事重提」。魯迅親撰的「小引」我常常橫蠻地行使「閱讀霸權」改用「分行」的方式來讀，覺得效果要比〈我的失戀〉出色得多：

帶露折花，色香自然要好得多

但是我不能夠

便是現在心目中的離奇和蕪雜

我也還不能使他即刻幻化
轉成離奇和蕪雜的文章

——《朝花夕拾》小引

原來呂永佳也愛讀《朝花夕拾》但相信讀的時候是不分行的，而他在高風急浪中要思考的人生，果然像極了散文：說散卻又不散，名不副實。像他回憶任職屋邨管理員的父親帶他到大廈天台巡邏的片段：「我跑着跑着，浮出一份虛榮心：其他小孩可不能走到天台上呢。」對父親的欣賞、肯定、認同甚或一點點崇拜，都隱藏在「虛榮心」三字之後，含意在直接與間接之間或顯或隱；欲辯忘言，欲辨茫然。你說，這到底算是「舊事重提」？還是「朝花夕拾」？當然，還可能是破格的絕句：

父親帶我到大廈的天台巡邏

我跑着跑着
浮出一份虛榮心
其他小孩可不能走到天台上呢

——〈樹基幼稚園〉

十年前黃子平老師在講座上的精彩比喻：「散文猶如『走路』，詩歌是『跳舞』。練過跳舞的人走路特別好看，沒練過跳舞的人走路歪歪斜斜。」在呂永佳的散文中我完全看不出他刻意用跳舞代替走路。那優美而富節奏感的狐步和拍子，或液化或霧化或氣化，都滲透融浹在彳亍、逡巡、徘徊、踟躕、躑躅、躞蹀、跋涉或蹁躚之中，步履徐徐疾疾；作者在活像散文的人生路上，步姿從容，踽踽獨行。

呂永佳肯定還記得當年黃老師囑他暑假別再只看金庸——這句話已經寫在他的文章裏頭——這一切一切，肯定不止是重提的舊事，更是夕拾的朝花。

必得承認抒情的文字無法處理軟弱

曾詠聰

五年前的《天橋上看風景》以後，我沒想過再次在呂永佳師兄的散文集裏登場。電視、電影喜歡劇情尾段突然浮起「數年後」，快鏡交代角色轉變，推出燒烤爐趕緊在客戶廣告前多來一場大團圓，全劇終。但現實的五年過去了，社會在變、世界在變，我們這些微小寫手，就只能被動應對，戰戰兢兢地爬上天橋，看風景不住轉換，緬懷，想像，記錄，盲目地相信終結。

「我必得承認抒情的文字無法處理軟弱。」

是的，我們所教授的抒情文技巧，總在面對真實自己時點到即止，「無力感」不會成為文章立意，末段更不能毫無反思。江湖傳聞寫作卷中過分刻劃人性黑暗，分數絕不可攀上上品。但是，從沒有一位老師站出來，昂首挺胸，告訴學生這個世界只得希望，不會使人失望，甚至絕望。

「老師只是一個普通人，他有自己的生活、有自己的心事。我們生活在同一個城市裏，面對共同的困境。只是老師站在講台上，彷彿是高高在上，實際上他們可以比學生更軟弱，比常人更迂腐。」

當生命導師都刻意隱瞞，刻意迴避傷痛，刻意「用冠冕堂皇的話去包裝自己的自私和虛榮心」，那些突然被推到人群中積極擦肩，相信夢想、擁抱希望，接着被無情恥笑的少年人，又怎會不變成一個個飄遠的「氣球」？呂永佳身處牢固的教育傳統下，認清老師側臉，將心比己，想到所謂「教學相長」，並不單是教案程序、課堂安排，而是教師、學生互相砥礪，共同成長：「我從不覺得教師這職業有甚麼神聖之處，很多時，教師正是生活的失敗者，卻要站在講台上，裝起成功的模樣。」教師之所以是教師，並不如石英鐘般單純呈現時間，時間一到便不會再見，沒有情感。我們更要好好活出來，告訴少年人真相，同時表現出老師也會失望和沮喪，但我們仍好端端地活着，一步一損地走過來，傷痕纍纍，卻依舊站在這裏導人導己。

所以說，呂永佳的散文非常直白。這並不是指行文筆風，而是文字當中不願堆疊謊話，違心地修飾殘缺，直截了當，把況味和積累下來的感悟，蹲下來好好描畫一遍。很勞累了，這一場遊戲，沒有必要再讓自己和他人承受虛假，破解謎語。不是科幻小說，不是歡恩頌歌，一本筆記簿長年帶在身上，是應該負起真實呈現、直視自己的重量。故此，領帶不代表專業、愛情不必問結果，善良與良知，才是人際間尊敬的起點。

哪怕「無論快樂還是失落，很多時，你都是：一個人面對。」

同為獨居者，我明白「北橋」中孤獨的矛盾。不少個夜晚，馬路旁的維修燈卑微地閃動，車子駛過，偶爾有夜歸的人漫步回家——這是獨居者未眠又自由的窗戶。可以選擇睡姿，可以決定入眠時間，可以在跳上床前多洗一次澡，或繼續浪費時間。但獨居同樣面對一連串只得自己的困惑：家裏再沒有同屋主，任何微弱聲響都必然連繫至怪力亂神；晾衣、洗碗、收拾是一個人的工作。燈泡、停電、漏水，也必須一個人處理，瘦軟過後，就輪到內在的自己：

「沒完沒了。我突然又驚覺，原來，我的身體跟這所房子一樣老，沒有人可以逃遁，在時間面前，眾生平等。」

這讓我們開始不住叩問意義，是工作？是家務？是無止境的戰鬥？每場運動都必須經過冷卻時間，繃緊的肌肉才得以放鬆，回到居所，確實好像不用再向任何人交代整天生活，但一個人和一個正方格，不也是一個「囚」字嗎？我們必得承認自己不算隱逸，嘈雜時渴望只得一人的浪漫，孤單時卻又聯想到熱鬧：

「誰又可以抵抗孤獨的侵襲？只有用年月和經歷一點一滴鑄成的心境，才有足夠的深度，擁有那純無雜質的空氣。」

生命的變動，來自無數次開門關門。呂永佳在門與門之間體會變化，穿過一所又一所房子，執拾回憶，整頓自己：

「搬家的時候，要整理一切雜物，回憶像衝撞的飛蟻，向光處飛撲過去。有時候要不慌不忙，好好堆疊，即使沉重，也要無意識地把它搬來搬去。除非你有決心和勇氣，把它丟掉，一了百了。」

我想我們斷不能隨手丟棄往事，即使還來不及開箱，確認內裏的是快樂抑或慚愧、傷感又或是後悔，那已成為我們成長的一部分，搬多少次家，這些無形筆記簿還是割捨不了。五年過去了，我們和一些人變得相似，又和過去最親密的人分道揚鑣，曾經我以為呂永佳能像旅人一樣，慢慢走過一些經歷和時刻，然而這段艱難的氣氛，卻又逼使他進一步挖掘自己，在明白和懂得的極小差距中體味，爬梳記憶，與生命的不同面向接連，在孤而不獨的環境裏完成一場又一場自我安慰，形成一件透明雨衣，帶着距離感，又不無清晰，繼續跟途人和時間擦肩而過。

自序

呂永佳

是甚麼讓我拼命建造，像鳥骨中心的脆弱部分？

風高浪急，我更想思考散文是甚麼？——輕輕掩上門，邀你走進這半開的房間？還是拿着錘子，一敲一打，鑿出靈魂的輪廓，又生怕一切都匆匆消失，急忙地拾起地上的碎片？或者像老了、舊了的臉譜，一方面填上象徵意義的顏色，一方面又用自己的汗和油，提煉獨一無二的氣味，然後將之命名為「自己」？

或許，我不會找到任何標準答案。我想起我最喜歡的散文集魯迅的《朝花夕拾》。魯迅寫《朝花夕拾》的時候，面對的是政治的黑暗、兄弟決裂、關於公義的捍衛、疾病。於是他不得不重新思考記憶和創傷，好好把收藏在灌木叢後的童年、少年和青年歲月重提一遍。他既然吶喊、經歷彷徨，於是誓要在絕望的現實中、從看似閒逸實是悲痛的個人記憶之中，找出一個可能性。我想散文的起點是個人記憶，但最終還是會指向社會、人性和世界。有時候，更要挑戰的是人性中的自卑和自私。

二〇一五年我出版第二本散文集《天橋上看風景》，它是以一種備忘錄的方式，寫下自己的感受。今次這本散文集收錄了我二〇一五至二〇二〇年的散文，記錄了我三十多歲的生活瑣事。這五至六年來，魯迅一直影響着我。我累積了一定的教學經驗，在老師與學生的關係間，感受甚深，更能體會《朝花夕拾》的痛處。一方面我回憶自己讀書時候的種種，另一方面在社會的變動之下，實在很想重新思考「教育」的意義。教育的內核是怎樣的呢？它絕不是純淨，而是充滿雜質、裂痕，是一條碎石般的不平坦的路，也是一個空虛寂寞的大廣場。社會大眾只愛陽光，不愛陰影，我偏想從陰影裏，找出真實。於是在沉重的敲鑿之間寫了些文章，收在輯一「黑板敲鑿」裏。

在連綿的衝擊下，家人永遠給我最大的支持。在童年雜憶之中，我總能從中找到生活的力量。輯四「北橋」是寫家、寫房子、寫獨居。隨着年紀漸長，房子有不同的意義。我更認識生命的本質，在得與失之間，必須割捨、必須重拾。而北橋是指青衣北橋，是回家的橋。近日因為出版這本書，我匆匆重看第一本散文集《午後公園》，發現雖然同是寫童年往事，但筆觸正在變化之中。於是更覺得要寫，為了記錄當下筆的味道，朱天文說：我寫故我在。我在此想給家人最深厚的謝意，也想時時回望，我之為我的生活片段。

輯三「空鴉」是相對封閉的個人隨想錄，主題是社會、孤獨和死亡，烏鴉被誤為不祥鳥，其實牠卻有以一身黑色的羽毛追逐光明的本性。輯二「郵差不哭」，寫的是愛情，這一輯嘗試糅合詩的語言，把散文液化。有時候會出現重複的場景，重組又瓦解。我也不刻意細細篩選、刪減或過濾，就讓它們像太空碎片般，在宇宙裏流浪。這類文字，貫穿我六本著作，看來（希望）不會離我而去。

希望你在這本小集子中找到真的自己，而不是我。下雨了，於是送你透明雨衣。

十分感謝香港畫家黃進曦 Stephen 設計封面及繪畫插畫，提升了整本書的格調。也謝謝朱少璋老師和曾詠聰詩人兩位浸大人賜序，感激與感動，不必盡說。

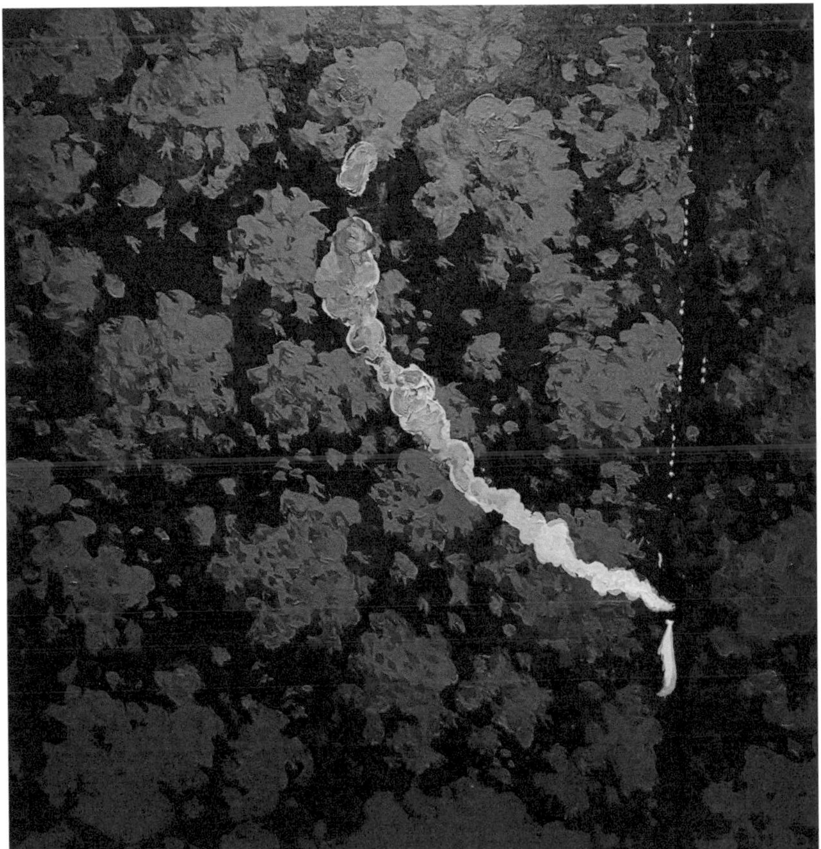

目錄

輯二：郵差不哭

輯三：空鴉

輯四：北橋

輯一

黑板敲鑿

考試必須繼續
你不合格了
評語是
你用想他好的方法
令他變壞
你用自己走過的路
剪他的路

畢業禮

路經城市大學，又看到新一屆大學生畢業了，他們完成了人生的第一個階段，很快便踏足社會，認識世界。在我父母的一代，大學畢業是一種光榮，光榮來自那未來或安穩、或有前途的職業，光榮來自他們應該有能力建立一個幸福圓滿的家庭。這個夢想，愈來愈像傳說一樣傳承下去。

所有唸中學的年輕人都或許、曾經為這個夢想努力。禮堂中排着一張又一張整齊的桌椅，考生一個又一個地進場。他們終於找到屬於自己的位置，等待做過很多遍的考卷——這份考卷相似而又不盡同。有時候，他們確信了這考卷可以讓他們在人生路上拐一個彎，或者可以通往比較美麗的地方。有考生很努力地完成試卷，有考生很快便伏在桌子上，睡着了。我不禁疑惑，是誰決定誰的命運，當他一出生的時候，是甚麼東西令他們變成截然不同的人？是上天、上帝、家庭、社會、教育制度，還是他的天賦、際遇？我無法再思考下去，因為我自己何嘗不是這樣？為甚麼我會當上教師？為甚麼我不能是醫生、建築師，或者是一個畫家、裁縫、職業網球球手？

每個人都有屬於自己生命的軌跡。當我們睜開雙眼，便必得接受自己成為自己。後來我們在無限個選擇之中周旋，在波動的情緒間建造記憶的王國。王國分開「忘」和「記」兩大部分。我們用我們的經驗和能力，不斷為經歷下一個註釋，令自己好過一點。我們看似有很多選擇，但這些選擇外，有無堅不摧的圍牆，你震破自己的喉嚨，用最大的力氣，它們也不會搖動半分。有人說這是命，是上天注定。我無法估算，後天的行為，究竟可以有多大的影響力，改變我們自己的命途。我們有沒有勇氣改變俗世的生活方式？或者說我們有沒有能力衝破那些所謂美、真、幸福的價值觀。因為當我們想接觸、擁有這些價值時，它們的反面會隨之而來。得不到、求不到。悲傷、苦惱、難過，其實是這些價值觀的背面。

是的，我們是找到一個位置，但這並不是屬於我們「自己」的位置。那些「傳說」是一個無形的灰闌，它僅僅是這樣的一個圈，讓你慢慢在裏面缺氧、枯乾。學習拿起夢想的殘骸，學習放手，學習用最優雅的語氣，說一句：再見。

我常覺得教師最大的錯失，是想學生走自己走過的路：努力唸書、考大學、組織家庭。又或者常常把「我從前唸書的時候是怎樣怎樣」掛在嘴邊。我們可以分享自己的人生，卻沒有資格將別人的人生路區分為「好」或者「不好」。我們催谷他們的「手握力」，卻無法篤信，當我們放開手的時候，會飛出一群美麗的藍蝴蝶。

我看着他們拿着四方帽，打領帶、穿套裝，急不及待走進社會。他們的家人拿着相機和鮮花，臉帶笑容。我不禁想起自己的畢業禮，當時最高興的不是自己，而是家人。畢業僅僅是一種報答的方式，我不禁黯然覺得，那像一個起跑的信號，它要告訴你：你人生中有一場又一場的考試，你會疲累、你會倦怠、你會無力，你要有足夠的堅強意志，才可以活下去。於是你發現軟弱、卑微，最後發現謙卑的重要，回想在自我膨脹的歲月裏，自己擅長的，僅僅是錯過。

我知道在畢業禮寫這樣的文字，是氣餒，會換來正人君子們的喝倒采。

我大學畢業十四年後，深夜醒來，惡夢也好，美夢也罷，黑夜漫長，歲月暗流，我僅可以坐在床邊，開一盞燈，照亮無力感。一股聲音在耳邊響起：「當你內心夠強大的時候，你便懂得退。」

原來退場儀式，悄悄地上演它的第一幕。這是真正畢業禮的，第一幕。

八三

我們課室是用傳統的大吊扇，有一次一隻蝴蝶飛進課室，被捲進快速轉動的扇葉，一下子化成片片碎片，在女同學的驚呼聲中，灑落桌面。難得我們的課室有聲音。我唸的是文科班，幾乎全是女孩子，只有六個男孩子。因此老師都很懊惱，幾乎全是跟課本唸。有一次地理老師受不了這恐怖的沉默：「你們反應很差！為甚麼不回答！全班站起來！做早操！」她說。我們常常說她像老鼠，她的眼很小，兩隻門牙尖細，罵人的時候嘴部像小鼠嚙咬食物。當然沒有人會記得她教的地理常識，她的筆記是用打字機打的，而且很會鄙視學生。有一次她算錯了測驗分，她冷笑一句：「Then?」聽說後來轉校了當副校長。我心想：不是嘛！

「做女人嘛，還是要聽丈夫話的。」她是我們的中文老師。她教法簡單，一字一句一段的唸着，用最悶的方式，但沒有人睡着，大概是奇蹟。她會把段旨抄寫在黑板上，我們心想是拖延時間。我覺得她很用心，實而不華，但能力不高。基本上會考考的範文，我都是自學的，自學反而可以發掘到文章的趣味。她教的東西，全都忘了，獨獨記得她說過這一句話。畢業後在街上遇見她，剛剛和她的丈夫一起，她拖着兩個孩子，背着一個很土的背包，一臉狼狽，這句話立刻像浮屍般躍出水面。她不忘勸勉一句：用心讀書啊。

有時候同學總是看不起老師，但與此同時，學校裏又有像神像般的、彷彿頭上有光環的老師。學校盛傳文學老師有豐富的學識，她所說的每句話，寫在黑板上的每一個字，我都會抄到書上，然後回家反覆細味，彷彿能感到老師對文學的喜愛，拿着文學書在走廊上走着，彷彿有一種光榮感。中史老師的課堂並不特別有趣，可是卻有一股傲氣，她直然指出校長規定女教師要穿裙子上課，是專制、是強權。我頓時雙眼發光。後來傳聞她因此辭職不幹，就是不滿校政。我的排球隊老師從不罵我，總是一臉和藹可親，他唯一責備我的一次，是因為我在場上不斷罵隊友，他早上七點鐘會和校隊成員一起圍着學校的小山坡緩跑，臉上總是帶着原諒的笑容，非常親切，令同學非常安心，這種友善，我是怎樣都學不了。

學校有很多驚人的校規：譬如女同學的襪子只可以長於腳眼一吋半，男同學必須擦亮皮鞋。男同學頭髮不可過眉，檢查時老師會用手輕拉我們的頭髮，以確保長度合乎校規規定。同學雙手不能抱着書本，上下樓梯腳步發出過大聲響會被扣操行分。攝氏二十一度或以下必須穿校褸回校。遲到需在早會時在隊前示眾。不可以把筆插在胸前的袋子裏。這些校規影響深遠，基本上今天的我依然緊守（除了用髮泥）。我知道校規的訂立，總有它的理由，但不禁要問，社會呢？社會也會這樣嗎？中學是一個專制的地方，有時為了所謂公平和方便管理，很多時會扼殺同學的自由和創意。然而青少年又像不受控的水，有時會氾濫。縱容與專制，就像永遠不能平衡的天秤，左右搖擺。

很多年以後，我才頓悟，老師只是一個普通人，他有自己的生活、有自己的心事。我們生活在同一個城市裏，面對共同的困境。只是老師站在講台上，彷彿是高高在上，實際上他們可以比學生更軟弱，比常人更迂腐。學校裏的人滿口教育理念，但理念背後很多時為的是自己的生活，或者為自己的名聲，有些人是可恥，有些人是無奈。

印象最深的一幕，是平日非常冷酷、一言不發的數學教師突然哭了。她說了一句：「對不起。」然後向着窗哭起來。我們頓時不知所措，靜靜做練習。

據說她要離婚了。

課室裏最深的孤獨，要待同學們長大後，才會看得見。

有一次駕車經過母校，看着一扇又一扇玻璃窗，知道窗裏的故事已經改頭換面。我想起有一次一隻麻雀飛進課室，我們大驚，同學立刻開窗開門，希望牠可以逃出去，平常極為寧靜，從來沒有人回答老師問題的課室，突然躁動起來。今天同學們已經各散東西，互不相干，有些老師退休了，甚至離世。時光偷偷地轉了很多個圈。飛進來，飛進去，人來人往，但誰都是一樣的。

今夜，校舍無人，寂靜凝結，回到原地，卻反而聽到生命深處的孤獨回聲。

天梯

「一步一步地走，總會走完。」一位跟我很要好的老師同事跟我說。我們都稱之為天梯。

這天梯是連接牛頭角半山和宜安街的一條長長的、大概有二百級的石梯。由於學校位處半山之上，老師和學生可以選擇走樓梯，或者乘搭小巴，往牛頭角港鐵站。天梯雖然長，但便捷，十分鐘便可以走到宜安街，再走五分鐘就可以到港鐵站，如果等候小巴，有時候要更長的時間。下班的時候，因為有相對充裕的時間，我會選擇走天梯下山。

踏下天梯便代表下班了，我看到天空被染上奇異的橙色，彷彿是化工廠的污染物。

「你的工作紙為甚麼要這樣設計？你估計學生可以學到甚麼？這一課他們會帶走甚麼？」學校盛行同儕觀課、課堂研究、共同備課。當然如果你是新老師，也要被校長、副校長和科主任觀課、觀簿。當然還有更多：譬如是教育局視學、學生家長來觀課，也有校內校外的公開課。每次被觀課之前，老師要先與校長交流交流。

作為一位年輕老師，自然應該懂得謙卑，應該學習不同的教學法。有經驗的老師跟你分享他自己的教學經驗是非常難得的。在這個環境之下我瞬間成長，明白教學的學問：學生有差異、要有活動、課堂節奏很重要、要懂得寫報告、中文老師請幫忙看文件。大學畢業，但肯定你未懂、不懂何謂教書。我樂於實踐新學的教學法，學習行政管理，我像踏進一個新世界，我看到新世界華麗的門。

但久而久之，我的身體負荷不了，在一個龐大的監測機器前跌倒。一個學年有數次扁桃腺發炎、數次感冒，有一次皮膚嚴重敏感，非常容易生病是免疫力出現問題。身體脆弱的時候被學生傳染了，三十多歲的人出水痘。

一個成年人持續發高燒，母親跟我在公立醫院輪候三小時，我發冷，不時抽搐。無論穿多少件衣服都於事無補。生病的時候，家人不辭勞苦照顧我，父母都擔心，日後怎麼辦？這「日後」像不請自來的幽靈，從此寄居在我的身體裏，靜靜地，在我的血管裏匍匐而行。只有親人會暖暖地抱着你。

我躺在床上，全身發癢，而且發高燒，突然校長來電問候：沒事嗎？平時要多做運動。然後就說正題，很多老師替你分擔工作呢，記得要補課，免得家長投訴。我匆匆掛上電話，有一扇門，牢牢關上了。

遙想自己曾經當代課老師，不被重視。沒有人跟你交流，學生只當你是過客。那時候，我立志，如果我當「正常」的教師，一定會盡全力教好自己的學生。我敢說每個新老師都會有雄心壯志，但總有第一陣痛，像一塊大石，突如其來的擲下來，令你明白，不是你有心，社會就會欣賞；讓你明白憧憬裏，夾雜很多幻想的成分。

這顆石頭，卡在我的人生路上，要懂得生存，必須像蛇，懂得靈活拐彎，在罅隙和罅隙之間，悟出存活之道。要做一條最靈活變通的蛇，當你懂得揮灑自如的時候，卻不知道，自己有的，只是冰冷的身體。

一位昂藏七尺的家長坐下來，看到女兒的成績表，不發一語，兩三秒間雙眼通紅，他的女兒看着前方，迴避我的眼神，然後傻傻地笑着。我們會責怪同學不勤奮唸書，或會指責老師教不好，父母不懂管教，在重重責難中，我們都忘了生命之初，充滿期許的一刹——為初到這世界的孩子取名字。原來那只是期望的包裝紙？沒多久，就被撕去了——而我頓覺天梯的象徵意義：你必須領悟下坡的意義，你的熱情，會冷卻；你的成就感，化為煙塵。

期許原來是一把刀，逆向刺痛自己。面對這昂藏七尺的父親，我明白，但我無力幫助他。

「下年努力吧！希望在明天！」班主任好像是在唯唯諾諾，希望盡快下班。而我不知道從何時開始，從不再相信鼓勵的話，再重新相信它：原來除了微薄的安慰，其實我們不可以得到甚麼。

「老師，謝謝你的教導！」「老師，全靠你，我獲取了好成績。」學生這樣說，我當然高興，但我反問自己，他們着實學到甚麼？文言篇章？寫作技巧？口語溝通的技巧？實用文？修辭手法？為甚麼要學這些呢？我們學到知識卻忘掉生活，我們學懂如何閱讀世界，卻換來悲傷和孤獨。考試制度下得到好成績的同學，即將想在各行各業大展拳腳，卻要面對社會的荊棘，在重重的關卡和考驗中，被磨平至一個「懂得做人」的人。

我們為了生活而忘掉生活本身。

我們依然細讀〈始得西山宴遊記〉，但有人做到「心凝形釋」嗎？有沒有老師因為讀到「苟全性命於亂世，不求聞達於諸侯」而落淚呢？我們的心志，跌跌撞撞，只可在燈火闌珊處，偷一刻喘息。老師在教室中張開雙眼，彷彿是目空一切，但其實他們只有閉上雙眼，才可以找到自己。

下雨的時候，天梯兩邊會有去水的渠道，有時候看到清澈的水流中有沙石、落葉。我常覺得這水流比人清澈得多了。愈是受教育的人，愈懂用冠冕堂皇的話去包裝自己的自私和虛榮心。我走下去，一步一步地走，總會走完。我們並不孤獨，每個八十後的香港人都彷彿是一樣的。當我找回自己呼吸的節奏的時候，便像鯽魚跳進港鐵的人潮裏，忘掉自己的名字，彷彿安然又有節奏地游動着。

氣球

很多年以後，我夢見課室裏排滿了整齊的桌椅，每張桌椅的方向都向着黑板，有一位老師，慢慢地為每一張椅上，繫上一個氣球。氣球裏有一個夢想，夢想靜待升起，飄向世界的每個角落。

小學的教科書很喜歡用這個比喻：同學們就像蜜蜂一樣勤奮。一大群蜜蜂本能地飛向同一個方向，沒有人質疑方向是對還是錯，總之跟隨着一大群蜜蜂飛向前。前面呢，前面就是有花蜜，花蜜是一些甚麼呢？錢、理想工作、幸福家庭、名成利就。沒有人輕輕溫柔地問蜜蜂一聲：你為甚麼要飛？牠會答不知道，聰明的或許會問：你為甚麼要問這個問題？

「呼！」禿頭的副校長用木尺，一板打下去。同學立刻哭起來。他扯着我同學的頭髮，大聲咆哮。同學犯了甚麼錯？他被副校長看到衝紅燈。我很驚怕，只是覺得他是神經失常的人，從此我害怕衝紅燈。小學老師教甚麼我都忘記了，我卻記得這一幕。很多年以後，我幻想自己走進課室，大聲地道：你們誰沒有衝紅燈的，擲第一塊石頭。副校長！你有沒有衝紅燈！有，還是沒有！

只是我們靜靜地走回自己的座位，一群大學畢業的教師回到自己的座位。打開電腦，備課、匆匆完成自己的工作。出試卷、改簿，還要預備校長和科主任的觀課。他們不曾問為甚麼，只是想匆匆完成手上的工作，然後還要處理自己的私事。至於那些問題天天都多的學生呢？總有人可以處理的。社工？班主任？老師要解決甚麼問題呢？學生逃學？不願上學？家暴？自閉症？讀寫障礙？過度活躍症？數之不盡的標籤。可是哪一位成年人沒有焦慮症狀、沒有強迫症狀？為甚麼社會又要要求老師是一個全能戰士，同時又是一個全能護士？老師退回自己的安樂窩，不少老師的家庭也是千瘡百孔的。老師看着時鐘，速速逃離他根本不能處理的世界。有些學童從高處跳下來了，惋惜的空氣不過持續幾分鐘？每個人跌回沉默裏，情緒的湖回復平靜，因為我們每個人畢竟都要生活。

我回想起那一個片段：整齊的課椅，盛載着希望，每個名字背後都是父母的期望，更重要的是，他們只能活一遍。那每個課室、每所學校，你們所走的路，是對的嗎？如果走錯了，怎麼辦？

為甚麼孩子要唸對他人生完全沒有用的科目？要學他在生活上根本不會用到的知識呢？為甚麼有一個所謂客觀的評核考試，去把學生分為若干等級？我們的世界為甚麼充滿階級，金錢扣連人格。為甚麼受了多年教育的人，要做一份他根本不喜歡的工作？每當放假的時候，只求能睡一整天，睡醒以後，又要回到那工作上。回望這些人的童年？抱着一個新書包，跑跑跳跳，他們幻想自己將來當醫生、當律師，有一架名貴房車，一所背山面海的大大的房子……夢醒了，世界不動分毫。

或者，為甚麼要唸書？為甚麼要工作？如果每天都可以坐在草原上散步，打開窗可以看到遠處的雪山。或者開一家咖啡館，每天聽着喜歡的音樂，喫一杯茶，然後呢，入夜了，天空上沒有星星，也會有微涼的雨，緩慢的風。這種生活不會再在香港出現，因為從小到大，我們被灌輸一種關於競爭的價值觀，我們被教育，資源有限，要爭要搶。自私、涼薄，人不為己天誅地滅。狹窄的心境，緊緊鎖死我們的目光。

那麼那些不幸的孩子呢？就是社會的弱者。他們失敗、輕生，因為不夠堅強？真的是這樣嗎？只是說這些話的人，你是比較幸運而已。

我夢到這一幕：每個學生像蜜蜂，牠們親自用自己的蜂針，刺破老師的氣球，那在課室地上的，都是夢想的殘骸。

長康

電視機傳來疫症的消息，有一宗較矚目的，發生在青衣長康邨康美樓。

我想起我就讀的中學正正位於青衣長康邨，那時候，我們只有五十五分鐘的午飯時間，於是我和同學們用急忙的腳步，穿過公共屋邨、走廊、電梯大堂。有時候，走過別人的房子，嗅到飯香，或者傳來午間新聞的前奏聲音。有無數的長者躲在自己的小房子度過他們的最後歲月，而我們彷彿才剛剛踏上了自己的人生。就在這一個微妙又無法讓人清楚記起的瞬間，我們交錯而過。沒有一個特定的時限，但有這樣的一刻，你想起種種「最後一次」：踏上的那道橋、那走廊、那樓梯，看到那個人。然後會有最後一次，有一個不一樣的我，看着昨天的自己。

一種陌生感奇異地張開，我們共同經歷着社會上發生的大大小小的事件，但別人的人生、私密的吵架和折衷，在失望與期望之間流轉，在跌倒之後迫不得已學懂重新站起來，彷彿是共同的，但又彷彿是遙不可及。

長康，意思是長期健康吧，可是如果祝願與現實沒有距離，這詞語的意義好像缺了一角。

黑板上寫滿了會考數學的答案，在窗邊還流轉着英文老師糾正我們發音的餘韻。地理老師用打字機打出來、用了無數遍的筆記，都像模糊的馬賽克。那時候，我無法想像，自己有一天會站在這三十多雙的眼睛前，不自量力地說了一課又一課，關於前途和人生。從前老師告訴我們的是高考和會考的意義，為未來的自己打的第一仗，今天我告訴學生文憑試的意義，也是為他們未來自己打的第一仗，可是那天已經畢業的我，才發現人生的考試是一浪接一浪，而且一浪比一浪洶湧。而那曾經看似很重要的最後一課，原來我已經忘記了。

那位在細小居所裏的老伯、那位在電梯大堂中默默等待着電梯的婆婆，是否已經經歷了一場又一場的考試，用一個淡然的口吻告訴我：合格是好，如不合格，也不意外。當我們的健康出現問題的時候，就會斷然拋下過往的努力，在後悔和立志之間，再找到那恍如水中浮蓮的立足點。

我們會經歷無數遍最後一次。當真正的最後一次來臨的時候，沒有人像家長日中的老師般，靜靜打開你的成績表，來一個賽後檢討。我們何不用這種虛無的心境，解釋過去的遺憾？在最後一次踏上這中學的走廊，原來那最後的八月陽光，正和我揮手告別。而那關於長康的祝願，彷彿又同時堅定不移地流傳着。

同班同學

在九十年代的中學校舍，那還沒有空調的時代，在靠近走廊的一方，會有一排百葉式玻璃窗。每逢小息的時候，你會看到一大群學生在玻璃窗旁，向別班同學借書、聊天。現在看來，或許有不知情的人覺得這像探監，但局中人或許已知道，這是愛情萌芽的時光。

借書是怎樣的一回事？那時候，我們絕大部分同學都用功讀書，絕不會忘了帶書，有時刻意向別人借書，就是想在她的書本上，寫一些字句，或畫一些卡通圖案。或許有一天，她會發現在書本上留下一絲痕跡，像不經意的偶遇，像不經意地遇上初雪的一剎那般：淡淡的、細細的喜悅。

「你為甚麼畫花我的書？」

「那一頁，你有留意嗎？」

焦急地等待心意被發現，焦急地期待着對方的反應，旋轉的吊扇，低調地搖動着，是初見世界的心，又像善變又不見底的洞。簡單、幼稚、天真，不知道愛情是甚麼，便走進愛情的跑道，拼死地向前衝。

「你還好嗎？很久不見了。」

「我還好，你呢？」

轉眼之間，我們已年近四十。在情路上，留下願望碎片。白雲片片依舊，卻溫柔地剪碎天空。出賣、背叛、謊言、盲目、失控、失憶，當然還有甜蜜、觸動。時光像一團棉花藏着生鏽的針。如何逃過最關鍵的二字——失望？是時候學懂放下、重新起跑、重新偽裝，用一句「我還好」偽裝成功的模樣，在情路上做一個堅強的戰士，用空洞的瞳孔，做一個讓人致敬的徽章。

在社交網站中，如果沒有子女的照片，大概還沒有結婚。然而即使是結婚幸福照片背後，誰沒有斑駁的傷痕？澄明純淨的感情，原來停留在高中借書的一剎那，還沒有知道甚麼叫開花結果，已經開始慢慢地死去。

「這是我的功課，你快點抄吧？」

「這早餐是買給你的。」

早上七時許，我記得你從家走下來準備上學的身影，背着書包，燦爛一笑，然後用卡通信封載一份禮物給我。我接過你的禮物和數學習作，很想拖着你走到巴士站，但我沒有。然而我們並排走着，並沒有任何計算的成分，也沒有想到失望和期望。

早上七時許，我駕車走過大老山隧道，想起你或許也是趕着上班，你會像我一樣，因為害怕遲到，而匆匆吃下一份餐蛋治嗎？我們不會再相遇，而我也清楚知道，我無法再遇上當時的你，我們不能回去那一點，那原點可能早夭，或者原來從今天開始，它才誕生。

樹之初心

我喜歡看樹，寧靜、沉默。然而我覺得樹很悲涼，因為樹走不動，如果移植，有喪失生命的可能，於是它站在這裏，看風景，看厭了，沉睡了，路人也不會在意。

中學老師有點像樹，我盡可能讓自己長得高一點，視野更廣一點。看世界，不看校園。其實要老師「移動」，很困難，不是它們不想，而是沒有本事。當老師久了，會被一種叫「安穩」的東西蠶食。有些人會覺得中學教師視野狹窄，與世界脱節，我承認有這一種人存在，我可能便是其中一位。當中學教師，轉職並不容易。假如你在三十歲前，成功由合約老師轉為常額教師，又或者增薪到一定位置，你便很難轉校。一、每一年都有新人，青春、活力、熱情的畢業生，最吸引的是他們唯命是從，薪金又相對較低，沒有家庭的負擔，也希望一展所長，爭取表現一己能力的機會。將心比己，你是校長，你喜歡新人，還是怎叫也叫不動的「經驗老師」？如果你要聘請一位新老師，你會聘請哪一類教師？二、你薪高假多，僅有的就是教學經驗，出走私人市場，誰會要你？

因此，樹就此生根了。可是根，不是指至高無上的教育事業，而是社會的秩序，遊戲的規則。有些人看透了，把「家庭」當作根，一旦有了家庭，便把心力放到家庭上——這倒是人之常情，因為工作給你挫折，只有家庭給你安慰和溫暖。賺取的薪金、難得的假期，老師都會選擇運用在家人身上。為甚麼呢？教書十年，大概會認識到形形色色的臉譜。沒有一位老師一入行便是唯唯諾諾、拍馬屁或者憤世嫉俗的人。或事事唱反調，或搖尾乞憐，都應「哀其不幸」。沒有一位老師不曾受過不合理的否定、挫折。明明用盡心機做好一件事，卻換來一場空。

教育市場化，門面功夫不可不做，總之有人要你百項全能。有功，是應份；做錯了，一定是你不對。有求於你的時候，笑面迎人；當你有求於他，卻給你一臉為何給他麻煩的厭惡神情。為了要做到他們心中所想，不惜說謊、恐嚇，或者用一紙合約，將之變成刀劍。他們並非大奸大惡，只是想控制你，讓你成為他們的機械臂。

我們常常聽到一句話：十年樹木，百年樹人；卻覺得這句話很荒謬。需要用百年才能教育一個人？一個人有這麼長壽嗎？後來應該變一變，樹人，可以指教育事業。究竟是魯迅的一句：救救孩子？還是扭轉一個時代、一個社會的風氣？魯迅說：地上本無路。魯迅希望人走多了，會走出一條路。想不到老師走了這麼多年，會走出這樣的一條路。

回過頭來一看，學生反而給老師無限動力。老師很多時需要學生幫忙，做接待員、做壁報、司儀，林林總總，外行人無法想像。有些學生已知道真相，知道「你也學到東西」這句話的虛偽裝飾（有些人更麻醉自己，麻煩了學生，真的以為為學生好才最恐怖）。學生有時候真的為了幫老師，倒有點江湖救急的意味。學生學到東西，真心感謝教過他們的老師。只是老師不忍告訴他們，長大了，就會跌入社會的漩渦之中，跟老師一樣，要感受人情冷暖，要確切感受到社會的涼薄、虛偽。如果你找到懂得肯定你的人，是無比幸運。

畢業生回校，報喜也報憂。有些真切感到人際關係的殺傷力，變得謙卑堅強。在課室裏，老師只能彷彿站在道德高地，說盡社會陰暗面，學生無從識別、無從感受，其實學生並不知道做老師的無助。學生畢業了，到社會大學走一趟，瀟灑一句：阿sir，我明白了，立刻有一種溫柔共振。

其實，最想說的一句，跟學生說，也是跟自己說：毋忘初心，要深信世界有美麗的另一面。這是真真正正的：肺腑之言。

只是想過路的貓

小時候深刻地記得一幕，在馬路上，一隻淺啡色的花貓被車輾斃了。牠的身體血肉模糊，內臟都外露出來。只是頭部完好，眼睛還沒有合上。街上圍觀的人訝異着：為甚麼不快快掃走牠？交通都被阻塞了。

我在想這隻貓，剛出生的時候，從母親的體內慢慢掙扎出來，慢慢張開眼睛看這個世界。小貓一定想世界是美好的，牠從來沒有想過，自己會成為流浪貓，更不會想到，自己會成為別人眼中阻塞交通的卑賤物。

這隻貓，讓我想起數以十計，今年選擇結束自己生命的學童們。

教書十年，今年給我最大的震動，莫過於是今年有很多學童選擇結束自己的生命。而我們的城市，孕育他們的城市，卻選擇用一種「略過不提」的淡忘方式，把這些唯一的、獨特的生命，丟棄在社會的不起眼的角落裏。待又有同樣事件發生的時候，這些生命變成統計數字，變成事件簡表的一部分，無力地提醒社會僅有的同情心，而他們的情感故事，要淨化，或者送至永遠無法回收的棄區裏。

我們並不是無情的人，殺掉良知的武器是安穩。學童自殺，每個人都不想負責任。站在一旁「吃花生」的人們，不外乎把責任推給家長、教育局、學校、老師，以至學童本身。教育局用的方法是成立調查小組、支援小組、危機處理小組去協助執行、跟進善後工作。甚或發放資助，試圖防於未然。學校得到教育局的「資助」或者「工作通知」，為老師安排培訓講座，並有教育心理學家、社工支援學校處理學童的情緒工作。當所有人都按「程序」做妥所有事情之後，就彷彿是心安理得，急不及待把問題交給家長和學生自己。然後安安樂樂地看着戶口銀碼繼續增長，也未及仔細探究，為甚麼學童會有這樣的選擇，只說：不要再說，大家都已經夠悲傷了。

是悲傷，還是動輒得咎，明哲保身？

當我們責難父母不懂得教導子女、學童軟弱自我中心的時候，不禁要問，我們的社會，可以給甚麼我們的下一代。假如他們是土生土長的普通的基層學生，沒有父母在經濟上的支持，他們必須依靠自己的努力考入大學。即使是最優秀的學生，考入香港著名的大學，畢業後的起薪點也不過是二萬元。不要忘記他們可是考獲優良成績的同學們。他們踏入社會，也不過是一間機構的基層員工，要面對工作經驗不足、向上流動機會少、國際化競爭、職場人際關係等問題。當他們三十歲，會想建立自己的家庭，但是樓價不合理地飆升，地產霸權失控炒賣土地和房子，置業是遙不可及的夢想。更何況是那些在百分之十八以外考不上大學的同學？

一個社會應尊重個性發展，不可忽視本土文化及歷史，也不可漠視記憶。我不禁要問，當我們的城市只懂給孩子負面情緒時，有誰有資格怪責他們軟弱。苛政猛於虎，誰不痛恨那些自重私利又手執重權的官員們？

這並不涉及尊重和思考，這不過是自私的廣場，明目張膽地展示着我為我生存的處世方針。在資訊爆炸的網絡年代，用資訊蓋過資訊是洗掉記憶的有效方法，只是那些獨特的、唯一的學童的生命，再沒有人關注，他們的名字再也沒有人提起。

安逸是一把刀，不是殺人的武器，也不是自殺的工具，它割去良知的位置。

我們的上一代，已經擁有自己房子、家庭，盡享經濟成果的香港人，只是安於躺在自己舒適的床上，對於政治、社會不聞不問，還得教育下一代，逃避問題，不要「上身」，或者移民到外地去。當中不乏是校長、為人父母者，他們和那天在馬路上嚷着要快快處理貓屍的路人，其實就是同一類人。

我和你的履歷表

填填寫寫，彷彿從未和自己交談過，
永遠和自己只有一臂之隔。
悄悄略去你的狗，貓，鳥，
灰塵滿佈的紀念品，朋友，和夢。

——〈寫履歷表〉，辛波絲卡

學生畢業多年，回校探望我說：你教過的中文我全都忘了，但你教我們的做人道理，我卻永遠記得。我從不覺得教師這職業有甚麼神聖之處，很多時，教師正是生活的失敗者，卻要站在講台上，裝起成功的模樣。

對畢業班的同學，我會告訴他們：你的履歷表上，填的是學歷、工作經驗和理想薪酬。價格等於價值，就是說社會覺得你高薪，人們對你便多一份尊重——至少與能力和智慧掛鈎。這錯誤植根在我們這壞了的資本主義社會裏——但你必須認識、了解這錯誤。

後來我更強調你必須做一個好人。你不是要找出迎合社會的生存之道，而是要改變這社會的病態。但如果我連一份安穩的工作都沒有呢？那麼做人要有良知，要尊重別人、體諒別人——這是與價格無關的，在任何崗位，都要緊記：放大良知，因為自私是天性。

一間房子，不需要開盡所有的燈——只要一盞燈，就足以讓本來黑暗的房子亮起來。

三十而立

三位學生與我吃晚飯，各談近況。他們來自同一所中學，家庭背景接近，但因為各有各的際遇，談吐舉止都漸漸呈示出不同的面貌。

三十歲了，還有甚麼夢想？我問。

學生K反問：我們還可以有甚麼夢想？

譬如說，買樓、買車、結婚？

他們莞爾，好像沒有這樣的打算，彷彿平平靜靜地生活，都是一種奢想。實際上他們讀書有成。兩位同學P和K考畢高考後，直接考入了港大和中大。另一位同學W英文不及格，但自修英文，最終也能考入浸大傳理系。W後來憑自己的努力，和朋友創業，開了一家搬運公司。後來朋友離開，他一個人撐起整間公司。

我想起第一年走進教室。因為背着哲學碩士的學歷，他們不敢輕易挑戰新老師。實際上那時的我，教學經驗尚淺，可以大膽說：根本不懂甚麼是教育。我看到他們一雙雙好奇又明亮的眼睛，彷彿有一個光明世界等着他們。

第一年教書，還有一個畫面閃出來。「快下來吧！跳吧！」我背後聽到這樣的聲音。這時候我正站在約兩米半至三米高的高台上，雙臂交叉扣抱自己的胳膊。這是歷奇訓練，其中一個活動就是站在高台上，像高台跳水般，背跳下去。只是這一趟不是水，而是幾十位同學的雙臂。雙臂之下並沒有軟墊。「你信任他們嗎？」導師問。我至今也不明白，為何他要先考驗老師，再考驗學生。

考驗的，是勇氣。

我說：你是CEO了。W常常把這句話掛在口邊：只要肯做，你便可以做到。

的確，生命影響生命。他們的世界像一張蠢蠢欲動的白紙。我們生活在同一個社會，卻有不盡相同的際遇；我們有相近的俗世的人生觀，在細微之處又有不同的看法。佛教說大千世界。世界有苦、有樂、有風景，也有雜質。有人說，老師是世界的導遊，是天堂或地獄的引路人，學生本身好像沒有自由的意志。但學生卻各有各的人生，又彷佛是命定了，他們跟着做跟着走，走着走着，揭開一個又一個等待他們的盒子，等着你用「成功」或「失敗」去標籤它們。

然而都有點虛無。P想了一會，在銀行裏事業有成的他，告訴我：他的夢想，是當編劇。我慚愧了，從哪一刻開始，我丟掉了夢想，和尋覓夢想的勇氣？甚至那說真話的勇氣？

我親愛的學生們，多想告訴你們，是你們反過來給我信心和勇氣。

領帶

我唸的中學位於青衣長康邨，突然塗上了簇新的蔚藍色。關於母校，除了少數好老師外，還依稀記得難以令人理解的校規，譬如男生的皮鞋必須擦乾淨，又例如低於二十一度必須穿校褸、不可以把書抱在胸前。令我印象尤深的，是當校舍對面開了特殊學校以後（兩校由同一慈善組織開辦），校長為了街坊懂得識別兩間學校的學生，我校必須打領帶，即夏季時穿短袖白襯衣，然後打領帶；用一條領帶，區分所謂正常與異常。

所謂正人君子，實際上不是單靠衣裝。打了領帶，不代表專業。戴上假髮，就是公正無私，為公義執言的律師，誰都知道是癡人說夢。教師身教言教，無可厚非，但身教言教的豈止教師？所謂父母官、父母，甚至街上每一個長者、成年人，有誰不被下一代看在眼裏？難道應該用條文、規則規範所有人？

尊重是雙向的，根基是信任。我信任你懂得分寸，當然有時候人不免失分寸，但應加以提點，而非因此用規條勒住所有人。打了領帶，不代表就是好學生，反過來說，不打領帶了，就應該被人看不起？穿上裙子，就代表端莊？更甚的是，所謂專業形象，究竟是用甚麼價值觀構建而成？需知道「相規以善、和而不同」是中國文化可貴精神。

至今我校仍然規定男同學夏天打領帶上學。如果當中仍然存在所謂「非我族類」的區分意願，大概是罪惡一種。

好時光

唸中一的時候，剛剛開學，家住青衣北，中學在青衣南。就地勢而言，南比北高，巴士上畢斜路，會拐向左邊，便到學校。偏偏一次錯上了巴士，在十字路口前，看到年紀比我大的師姐們看着我，掩口竊笑着。我心知道有一點不妥，後來車子向右邊拐，我便知道她們笑我不懂下車。結果我一邊奮力跑，一邊不忿：我不會因為這樣而遲到的。為了一口氣，我在鐘聲響起前的一刻趕到！

不太長的路，我一個人背着大而沉重的書包，向前走，向前走，不為甚麼，就是不可以輸。我勝利了，我證明了即使我錯了，我也不會輸。那時候我十三歲。我勝出這一仗，但與執念的對決悄然展開，我被打敗至一敗塗地。

唸中學的時候，唯一目標就是讀書。我喜歡排球，上課為了下課。我喜歡球場上無憂無慮的時光。即使那時候球場是粗糙的石屎地。我明白所有暗示，只要你跌倒，便會擦傷；你的朋友會扶起你，但只限一時，不限一世。會考、高考，各奔前程。我們轉眼已經長大成人，在不長也不短的歲月裏，我們各自面對人生的困難，獨自面對自己的難過和喜悅。人，害怕面對孤獨，可是必須面對孤獨，學習與孤獨相處。我遇上不同的人。我害怕人的變化，一開始認識的時候是一種性格，後來日子久了，味道變了，或酸，或辣，可是總不能變甜。所有的好時光都有限期，所有的情節，都可以是最終章。即使如何聰明，如何樂觀，必得面對失敗，你緊吸一口氣，衝前去，衝前去，成功與否，你可以衝多久？

我們為何要相信，世界有希望？為甚麼要相信，你可以永遠擁有一些東西？如果在生命中，遇到一個肯永遠扶持你的人，你要珍惜，所有的時光，其實都是好時光。其實，我很感激，遇上的一切。

飛鳥山公園

如果你細心或許會發現，遊樂場新建的設施很多時都是用塑膠造的，而且非常矮小，容易破損。過厚的軟墊，反而經不起風吹雨打、日曬雨淋。

然而當我走上日本東京的飛鳥山公園時，發現與香港不一樣的遊樂場。位於公園中間的是一座大城堡，城堡東西兩方都有長長的滑梯。要上城堡並不容易，小孩子必須踏上細小的石頭，才能上去。城堡的旁邊有一個大象滑梯，同樣有兩三層樓高。除此之外，在一大片沙地上，有鞦韆、有質樸的方形、圓拱形的鐵架供小孩子爬上去。最顯眼的遊樂設施，都有從高處跌到地上的可能，而且不是用石造就是用鐵造的，用現今香港家長的口吻說：「都會跌死人。」石上有不少歲月的痕跡。突然驚覺，為甚麼香港沒有這種遊樂場呢？難道日本的家長特別勇氣可嘉？不怕自己的小孩受傷？

我想起小時候住的屋邨遊樂場有一個紅色的繩網，呈三角錐體的形狀。只要爬到最高，即最尖的位置，就可以坐下來。腳下凌空，看到紅色的網，我常常害怕會跌下去，所以轉身的時候膽戰心驚。但只要一轉身坐下來，就可以居高臨下看到整個遊樂場的風景，只有在高處，才能格外感受到微風的親切。

後來我明白這遊樂場的暗示：只有不怕跌倒，你才有資格看到更美好的風景。

當然後來我知道，我正教導着過分被保護的一代。學校、家庭強調正向思維，避談負面思想，於是孩子們失去了學習跟負面思想共處的機會。無人可以避開跌倒。就像你要滑下長長的滑梯，得到那一種感覺，你就必須爬上去，你爬得愈高，跌倒的傷痛會愈深，但你必須克服它，才可以得到另一種風景。

因為有歷史，而且用石造，我想，這些小孩的父母，甚至他們父母的父母，都曾在這城堡、大象滑梯遊玩過，一代又一代之間的記憶，就這樣連在一起。香港的父母們，可以用怎樣的文字，向自己的兒女介紹自己的遊樂場呢？一切都成了久遠的傳說。

學問的流星

在浸大近十年，那是影響我最深遠的學校。猶記得二〇〇三年我唸大學二年級，剛巧是沙士那一年，我們和黃子平老師一起待在課室之中，戴着口罩，沒有窗，而且有一位住在牛頭角下邨的中年同學不願戴口罩上課，然而課室裏還是坐滿學生，不單是本科生，還有研究古典文學、語言學的研究生旁聽。我們不懼疫情，全因學問二字。老師打從魯迅的時代，到小説、雜文、散文，一篇一篇的講解，境界之高，從來未見，我資質不好，於是用快速筆錄的方法把老師的話全抄下來，然後下課後再到圖書館找文本對讀，遇上不明白的地方時硬闖老師辦公室，好幾次老師還拿着剛從微波爐拿出來的飯盒。後來我搬家數次，所有的筆記都扔掉了，獨是留下老師說的幾門課的筆記：魯迅研究、當代文學、中國敘事學、現當代小說和文學批評，我一一留着，這是我學習歷程中的重要寶物。有幸得到老師的點撥，從前怎也讀不下去的文學作品突然豁然開朗，很多人問我老師用了甚麼方法令我「開竅」？但我真的不知道。

我猶幸趕上浸大最輝煌的「現代文學」時期，當然是因為黃子平老師。因為他的關係，浸大不時有現當代文學的研討會，而晚間也會邀不同的教授講課。在這些學術場合中，我遇上了李歐梵教授、王德威教授、許子東教授等等，親耳聽過他們發表論文。我猶記得劉紹銘教授在現當代小說課裏述說他跟張愛玲的往事，聽得陶醉，時至晚上九時半，我不願下課。我還記得我和李歐梵教授一起看改篇自王安憶小說《長恨歌》的電影，是一起看改糟了的電影；也記得黃老師要我寫一篇關於《長恨歌》的論文，《長恨歌》我看得吃力，他還附上一句，暑假別再只看金庸了。

在我的學術生涯中，我最想念的除了黃老師的課堂外，還有一個特別的教室，是在的士車廂裏。當我還是唸碩士的時候，我奉命接機。他是王德威教授。王德威教授在美國極有名望，曾在哈佛大學任教。那時候我一人接機，不知從何而來的勇氣，用爛透的普通話向他討教。我用的是一個極外行的提問：老師你最喜歡哪一位作家？他說：沈從文。於是我在的士上了一節沈從文課，而且厚顏請老師在口碑壞極的浸大餐廳吃了一頓午飯。我拿書問他討簽名，又怕自己買了盜版，上面寫着：呂永佳先生指正七個字。這叫我情何以堪？明知是客套也覺得無地自容。我不負老師期望，終於完成博士課程。只是在這個分崩離析的世界裏，本地博士生淪為「二等公民」（更何況浸大是一所弱勢的大學？），為了自己的前途，不得不到中學任教。可是學問又豈是一份職業可以界定得了的呢？我們在悲涼的時勢中要懂得安慰自己。

這些學習歲月已經遠去，遙想中學時期不願讀書，中四成績表寫着「試升」

兩字，父親在課室中面見班主任，非常寒心。後來經歷會考生死一刻，在高考時不敢怠慢，那九時至九時的自修室、在家中露台夜讀的歲月，不敢遺忘。唸大學的時候，也常常溫習至圖書館關門。當然那時候所積累的學識，有幸到今天還正在用着，可是那種學習的熱情和魄力，在沉重的工作壓力和人生變動中，已經轉變為另一種東西。所以我常常勸勉學生，學習也有限期，要珍惜你還可以學的日子，只是道理與覺悟之間，總是有着時間的距離，名叫成長。

在這因疫症而停學的日子，我又翻開魯迅的作品，老師的聲音又在我耳邊響起。這是上天給我珍貴的禮物。當廣大的同工正用軟件「隔岸傳聲」之時，或許往往有打機、流行音樂甚至打鼻鼾的回聲。短暫的荒涼，足夠冰封老師的熱情。但我還是傾向願意望向沉默但在場的一方，或者因為你打開的天空，讓他們看到學問的流星。而我頓然醒覺，這一點盼望，正是我的老師，親手交給我的。

老師送給我的書

在唸大學二年級的時候，我與中國現代文學相遇了。

在中學的中文課程裏，一直側重古典文學。而老師往往為了考試需要，也不會教現代文學作品，即使在大學唸中文，也要在二年級的時候才能接觸現代文學。所以在僅餘的兩年時光，我幾乎報讀所有現代文學課程：中國現代文學、中國當代文學、新詩寫作、小說寫作、魯迅研究等等。當時發現自己根本像文盲一樣，甚麼知識都不知道，但同時我又彷彿跑進了一個像沙漠綠洲般的世界。我終於打開了屬於我自己的文學之門，從而生命與現代文學連在一起。

陳寶珍老師是教導我現代文學的老師。她是香港一位著名的小說家，也寫散文，喜歡《紅樓夢》、張愛玲和蕭紅，對女性自主有相當敏銳的觸覺。記得在唸大學二年級的時候，我修讀了她教的中國現代文學和小說創作課。也因為她為我們做了一個專輯，給浸大的同學辦了一個小說展，刊登在當時最有名望的《香港文學》中。我也第一次在文學雜誌發表作品，也是我唯一一篇發表的小說。

在課程完結時，她特意為每一位同學買一本書，而且每一本書都不一樣。大概是她按她的觀察，選一本適合同學性情的書。這是我求學以來，收過最隆重的禮物。現在我也鼓勵老師可以為同學選一本書，然後送給同學。由於我一直受古典文學薰陶，寫的小說也是鄉土小說，所以陳老師送給我的是梭羅的《湖濱散記》。

當時我在想，大概是因為我寫作的時候，用很大篇幅寫自然風光（或許是要賣弄文筆求分數？），又或者受古典文學的影響，所以老師以為我很喜歡大自然。但其實我對大自然並未有太大的興趣，疫情之時，抗拒行山。我寫作時，刻意寫城市，背離自然，而且所有自然意象都加入抽象的修辭。我一直覺得老師誤會了，我並不喜歡大自然。

到近來，我重讀梭羅的《湖濱散記》，才懂得拆開那大自然的外衣，發現它的內核：孤獨。梭羅有一段非常有名的文字：

我並不比湖中高聲大笑的潛水鳥更孤獨，我並不比瓦爾登湖更寂寞。我倒要問問這孤獨的湖有誰作伴？然而在它的蔚藍的水波上，卻有着不是藍色的魔鬼，而是藍色的天使呢。太陽是寂寞的，除非烏雲滿天，有時候就好像有兩個太陽，但那一個是假的。上帝是孤獨的，——可是魔鬼就絕不孤獨；他看到許多夥伴；他是要結成幫的。我並不比一朵毛蕊花或牧場上的一朵蒲公英寂寞，我不比一張豆葉，一枝酢醬草，或一隻馬蠅，或一隻大黃蜂更孤獨。我不比密爾溪，或一隻風信雞，或北極星，或南風更寂寞，我不比四月的雨或正月的融雪，或新屋中的第一隻蜘蛛更孤獨。

我又想起張愛玲對孤獨作出「主動的選擇」。年近四十，愈來愈明白，獨處的好處。因為在獨處之中，自己才可以完整；在群體中，我們必須虛偽。在寧靜的夜晚，可以擁抱自己的鼾聲；在群體中，所有真摯的聲音，都要架起防線。

我頓然明白老師的心意，即使這個誤會長達近二十年，但有了終結，畢竟給我溫暖的喜悅，也彷彿發現了埋藏了近二十年的叮嚀：你要珍惜你自己與自己相處的時光。

老師是甚麼？

站在課室的最前方，有一盞聚光燈。學生看着你，老師自然建起防衛的牆。他們用雪亮的眼睛、靈敏的耳朵，為你打分數。

老師不喜歡被挑戰，是權威的代言人，是渴望他人服從的機器。

所有人都不喜歡被挑戰，好鬥不是人的天性。但每天老師都要挑戰學生的懶惰和謊言。這場拔河遊戲，非常累人。

有些老師用寫作的方式，勸勉學生好好學習，或用自身的經歷，或寫堂上趣聞，不知不覺間把人分為兩種：成功的與失敗的。這些文章，我看不下去。

成功的成分是甚麼？薪金？學歷？知識？還是用自以為成功的價值觀強加於

學生身上？

中學老師只用大學學位衡量學生是否成功，是非常可悲的。

我較喜歡這個詞：教學相長。不妨看看在你生命中漸漸失落的東西？熱情、青春、理想——或更重要的——可能性？這些可以在學生身上找到。

我討厭聽到這一句話：我從前讀書都是這樣，或不是這樣。無論對象、結果為何，都把自己當成神聖的尺。我也說過，但請盡量不要說。

我常警誡自己，不要為自己套上任何光環。魯迅所謂的「正人君子」，其實不過是人生的懦夫。

但對老師誤解最深的，肯定不是學生，也不是老師自己，而是社會。

輯二

郵差不哭

郵差帶來自己的信，忽然之間，明白了
孤獨成為孤獨的避風港，日期成為日期的失聯者
打開信：問號讓我窒息，而句號默默凝望着我

奈何橋

有人唱着：奈何、奈何。好像沒有人願意走上這道橋，但你們似乎是例外。

沒有人可以親歷其境然後回來，描述奈何橋的形狀、特點、顏色、氣味。因為都忘記了忘記本身。譬如橋上有沒有貼滿藍色的馬賽克小瓷磚，和你們最愛的浴室一樣。有沒有蒼白的石，像在白色的床單上，偏偏畫了一片豐饒的黑暗的海。

孟婆湯會不會太鹹？也沒有人可以複述那碗湯的味道。或許像你以四茶匙的鹽換取一小時煮的青紅蘿蔔湯，也可以像餐桌上失敗的牛扒和超市買來的廉價白酒。情人節和聖誕節的晚餐，竟在很久之後失焦了。

橋的兩旁有沒有點點黃燈？或許像那天在法國康城的山坡小路。淩晨，我們要坐最後一班列車回旅館。旅館的門牌呢？好像忘記了，幸運地，連同那無關痛癢的冷戰，都一併被忘卻。

一次又一次的旅行足跡，化為灰燼，或許是橋上的黑蝴蝶，一群又一群的黑蝴蝶，在永恒的時空中躍動起舞？

橋有沒有足夠的長度，讓我們忘記新生的白髮、痠痛和疾病？也讓我們忘記所有紀念品的購買時刻，一些甜又變酸、酸又變鹹的記憶？

寂寞時看到你眉頭的痣，我只想記住這顆痣。但，寂寞的人，到了哪裏，都是寂寞。

包括在這道橋上。

橋上的溫度是怎樣的呢？像不像初相識時的擁抱，像臨睡時喝一口溫熱的牛奶，然後說聲晚安？是誰教我們記住裂痕，偏偏要記住裂痕。

這碗湯有沒有特別的功能，像能稀釋誤會，或者讓人失去關於吵架的記憶？

或者可以令人抹去因厭煩、習慣而帶來的不致命的傷痕？

時間之海，無人可以跨過那鑿滿生死定律的時間之海。

你說你吸一口氣，就足以讓你拔足的衝過彼岸，忘掉像我這樣的一個人。或者在橋的另一邊，你回頭，並說一句：下次愛你。

天空與他的回聲

早上一時正，深夜的時候，門鐘突然響起，剛剛動氣斷了線，突然你便出現在我的門前，於是告訴自己：不要輕易丟棄任何人，因為沒有誰值得別人永遠為他着想。如果無論如何、何時何地，他也想着你，這確切是一種幸運。百年之後，每個人都是孤寂的煙。

有時候不明白為何而活。回想二十多歲的自己，到處走、到處試，不曾感到追逐的虛幻。一個在香港土生土長的人，不會知道甚麼是理想。理想永遠來自別人的想像：唸書、找工作、找房子、找對象，生兒育女嗎？然後就可以算作「完成」了。是的，是完成，不是理想，不是自己的理想。香港人每一刻都是想着旅行，想着薪水，想找到所謂愛情。但是只是「想」，不是發自內心的，源自內心深處的、那一種召喚式的：想。

直至無數次抓狂以後：在機場亂走，深夜中大叫，扔東西、吵架、或者一個人在無人知曉的一刻感到跌落深谷般的失望的時候，時間打開很寬很厚的被子，讓你安靜下來。但這張被子滿是刺，痛，覺醒，還會痛。每個人都需要感受失去的滋味，這並不是我們可以選擇的。因為連「擁有」本身，也不屬於我們的選擇。人與生俱來就有感情，天生就身體力行地實行一個「戀」字，戀着情、戀着物欲，戀戀不捨，奢想永遠，不理盡頭。

到處都有他的回聲，彷彿在每一個角落，車站？燈泡照不到的暗處？高速行駛的火車？桌子下？樹林中被驚動的鳥翼之下？日落日出的美麗天空？怎麼微風吹來，總滿是你的氣息？也無法辯解，為何我身處何地，都會想想，你的生活，過得怎麼樣？深陷。我想我像一隻用黑色紙摺成的烏鴉，努力把紙復原為原初的形狀，摺痕仍在，回過頭把自己還原成原初的烏鴉呢？又變成一隻變了形的烏鴉——而且，它終究背着一個無法實現的、飛翔的夢。

然後呢，是一大片空白。我明白到人生有一大片空白，如果你眼睛只有盛開的花朵，那花朵以外的都是空白；如果你眼睛只有白雲片片，其餘的景色都是空白。多餘的部分，由我們創造，狹窄的眼光，全是自己一手造成。

不要怨，因為上天原來，已經給了你，很多很多的，珍貴的記憶和啟示。只是我還是感到黯然，不想再說甚麼，但願你明白，但願我也明白。

脊椎之白

秋天捲起倦意，葉子卻未盡枯黃。走一條街的長度、等候一架巴士來臨的空隙、等候升降機、兩條行人電梯交錯的一點、黃燈的長度、等候晚飯來的時刻、生日許願的一刹——無論多長，或者多短的時間，都足以讓我們變改、分離、訣別或者相遇。

打球以後，穿着還是濕了的汗衣，你和他一起走一段路，往地鐵站。街道照亮你的側面輪廓，另一邊臉卻是漆黑又深廣的豐饒之海。你無法閱讀他那已經過了很久的童年，也無法鑽進你已婚的世界；未來的呢？更遠，像遠在千公里以外，不知是甚麼地方的天空上，那轉瞬變幻的雲朵。

一生都在栽種：穩定的職業、兒子、女兒、太太，然後呢？房子、車，一隻寵物？生命價值的版圖，不是愈大愈廣就愈快樂。房子被切割，給兒子、給太太、給工人。自己的呢？彷彿沒有擁有喜好的權利，或者買一兩個童年時十分喜歡的鐵甲人，還是一雙蠢蠢欲動的藍底紅圓點襪子？在一格又一格的日子裏爬行，不知不覺爬到中年。

瘦軟的手臂，屈藏了夢想；那耳洞，是青春叛逆歲月的墓誌銘。都遠去了，卻偏留下痕跡。沒有發生過，便不會消失。

走一段路，談起不經意而走進去的家庭生活；走一段路，談談工作無關痛癢的瑣事，填補時光的尷尬的空白，填補不自在的陌生和距離。你們不會談及，你唸書時最難忘的回憶，也不會談及他最難忘的回憶。在步步為營間，你只想告訴他，你最喜歡的顏色是甚麼？是脊椎之白。只給他知道，只給他知道。卻又不給他知道，白色裏有薄薄的痛。不懂生長，慢慢乾枯。

這個人，離你很遠；沒有漫天黃葉遠飛的象徵性畫面，但這一刻僅僅是你們二人。沒有第二次，天地之間，只有你們兩人並行。

遇見九龍灣

獅子山吹來涼風，住了九龍灣五年，搬家的時候，才發現我還未熟悉這裏的氣味。

在入住之前，對九龍灣的印象相當厭惡，暗說永遠不會再來，誰料到會在這裏買下我的第一所房子。曾在三所學校任職教師，其中兩所學校都是在觀塘區，我是不是和九龍東有緣呢？我不知道。九龍灣交通相當方便，人卻非常多。牛頭角下邨拆掉以後，我才發現所住的屋苑被四條公共屋邨圍繞着。我在公共屋邨長大，本來就沒有所謂階級觀念，但我為何逐漸受不了衝撞的人群，或者我為何會認定亂衝亂撞的一定是住在公屋裏的人？

我身後長出翅膀，我要飛到哪裏去呢？飛翔並不是常態，我們疲累的時候，就要站在地上。我在九龍灣成長了，還是在倒行之中，漸漸回到童年溫軟的光裏？

我在九龍灣遇上了你。我們在這裏相識，然後分離，又遇上。在這所房子，我逐漸明白人生，是由很多的擁有和失去堆砌而成。從前在小學，老師告訴我們只要努力，就可以得到自己所擁有的，在這裏有一把聲音告訴我，愈努力，有時候會離原初的自己愈來愈遠。可悲的是，我們不可以用放手這方法去獲得甚麼。守望、等待，時間蒸發，但上天不一定要給我們一個圓滿結局。

在你身上，我學到很多很多東西，你讓我重新感受這世界：你的處世態度、對人生和生命的看法。你使我進步了。或許你是我生命中最重要的人？我並不知道。或許搬家是一種預兆嗎？我不確定，又彷彿很確定，發生過的，不會使我們漸行漸遠。

原來一個地方的意義，全建構於你在這裏遇上甚麼人。

櫻花樹下

當生活的氣壓漸重的時候，我想在繁忙的東京公園，偷一刻靜謐時光。走在小路上，春天盛放的櫻花，飄渺而短暫。因為貪心，所以珍惜。

有時候總覺得我們的生活不應該是這樣的，上班、餬口，在失去和擁有之間學習放下，和面對無常。有時我會問，為甚麼我們的生活不能只走走公園，和喜歡的人聊聊天？然而如果沒有挫折，我們還有甚麼可聊？人生的設計，偏要我們在悲苦中拾獲些甚麼。

我們還未懂得如何調整呼吸，來不及欣賞世界，為甚麼風景偏要急急轉換呢？

軟弱的時候，需要牆一樣的依靠；是不是無法走出這個牢籠般的世界呢？每一天，我們成長，又後退；每一天我們都會微笑，又皺眉頭。忙碌地活着，每一天都有一塊新的石頭壓在你的肩膀上。人生就是躲在重重白霧間，無力、休息、重新起跑，一步一步，走未必可以回頭的路。

櫻花樹下，我在學習如何在短暫中，悠然飛翔。微笑，不留，穿越自己，只是，一切一切，我還未學懂。

失去溫度

我記得那一天，黃昏的光漸漸走進房間，我有一點愉悅，是因為在晚上的時候，下午六時，心中的門，會打開兩個人的夜晚。

每個人都有這樣的憧憬。

或許那是原始的，或許就像新相識，眼中探索、不斷浮移。有時候總會被憂傷追捕，被誤會割傷；有時候，天空像被藍藥水染成鬱悶的海；有時候像一隻不知所措的山羊，站在懸崖峭壁上，看着正在沉降的世界，彷彿所有的聲音，都是最後的歌。生怕失去甚麼似的。

站在十字路口，到處都是指示的幻影。我站在水上，在水上略過無限朵載滿願望的花燈。原來很多花燈，都有你的指紋。

把遇見放大了，扭曲自己成全自己的夢。

性格碰撞性格，或許是你讓我更明白自己，或許是我，撕開過去的彼此。我們學習在裂痕中重新再走下去。無論怎樣，如果有個人總會站在我身旁，像你，我會變得堅定了嗎？我告訴自己：好不容易遇見愛。

追逐紀念品，陷入迷失。抓緊、放手、抓緊、放手……。這是現世的輪迴。當對話變酸、眼神變鈍，你還有沒有心力，讓這場拔河繼續下去？

然而原來我只是一直找尋不變的味道，錯不在味道，而在找尋。

喜歡凍飲

喜歡凍飲，不是因為味道，而是因為快慢由自己控制。幾秒內喝完一整杯凍奶茶，後腦和前額立刻有一陣麻醉冰感。我可以控制的節奏，範圍或許只可以微小如此。偏偏有先天性哮喘，即使痊癒了，也有後遺症：氣管敏感和脊骨問題，偏偏不應多喝凍飲。在天氣突轉的時刻，黑夜孤寂之時，偏偏要一個人承受自己的任性。我只是覺得可憐，偏偏人生的節奏不能掌握，連喝凍飲這麼小的事，也不能篤從己願。

和諧、融和，而偏偏遍地矛盾。我們總是用筆畫一個圈給自己，用心經營圈內的世界，保護自己的世界。我們沒有權利怪任何人，只是情感覆水難收，美好的物事陷落，理應感到悲傷，卻又偏偏未必如此。

旗在動，還是心在動？常常聽說：不能改變世界，只可以改變自己的看法。羨慕那些可以輕而易舉地更改自己信念的人，明明是「非」，說成「是」；明明不應這樣走，卻把一切說得合理化。當然所有人都有軟弱的一面，我們最不該處處要自己所愛的人，面對自己的軟弱——而我們偏偏要這樣做。

人生夠冷，我想我還是要喝一杯熱奶茶，放下執拗，重新面對自己，偏偏我又喜歡凍飲。

咖啡時光

從前我並不喜歡咖啡，小時候喝過一口，覺得很苦。長大後也抗拒。現在不喝不行，奶茶治我的頭痛，但咖啡對我而言並不。為甚麼要喝？我知道但不想承認。

或許是因為在歐洲旅行的時候，我時常在早上被迫喝咖啡。在歐洲沒有奶茶，也沒有凍檸茶，你只可以喝咖啡，我不想喝也要喝。每當喝過咖啡之後，身旁的人都仿似精神一振。是上癮了嗎？不管，總之看到你的眼睛因為咖啡亮起來，我就知道，是不喝不可。

久而久之，我也習慣了喝咖啡。年初與媽媽到日本旅行，無論行程多急趕，我也要喝一杯。

習慣有了軌跡，但你並不知道軌跡何時建成。

現在我已經習慣喝咖啡。有時候太累了，一日可以喝上三杯。喝過後有作用嗎？若有若無，或許喝的，不過是買咖啡時候的那份篤信。我奶茶也喝得很兇，但不得不喝，我心想喝這麼多一定對身體不好。可是原來我的習慣會因為別人而改變，是因為這一刻，我覺得我們是相同的。

你喝咖啡是提神，但有時咖啡會令我渴睡；有時候我一廂情願以為是相同的路，但會在無以名狀的時光裏，各自走向兩邊。

咖啡記載的一段時光是黑夜裏的燈，所有的燈都有熄滅的一刻。我知道但我不想承認。

喝咖啡，無論是多兇狠的夏季，也要點熱的，可以記住暖的時候，就請你盡情地記住暖。

在公路上

林夕說：忘掉天地，彷彿也想不起自己。

沒有想過車窗外黃昏靜降，然後公路上的司機還是匆匆地駛向他們心中的目的地。我們習慣前行，擅長回望，卻未懂把握當下。風景後退，我們以為自己走前了許多，卻不知道所謂軌跡，讓我們一直卑微下去。循環不息的自轉中，用未完成的眼光想像着完成的光景。

我打開車子的唱機，一首一首我十分喜歡的流行歌，打開觀塘繞道的黃昏：約定、守時、乘客、花事了。

原來，馳騁很易，但相愛很難。

城市中的聚散，並不罕有。太多面孔，製造失憶。記憶力可以是情感的防腐劑，可以是囚禁快樂的牢籠。記憶凝固自我，讓自己不可以成為另一個自己，我們總以為展翅是自由的象徵，卻不知道原來這也可以是疲累本身，足夠拖垮一個人的人生。

原來我非不快樂。

我們追趕的目的地，是不是真真正正的目的地？我們到了目的地，又找另一個目的地。原來目的地不是目的地。我們每一代人都哼着聚與離的曲譜，走調——那離開原有曲譜的腳步聲，或許才是最動聽的聲音。唱着唱着就算了，我們又可以為甚麼要握緊些甚麼呢？誰都辛酸過，哪個沒有？

下班了，高速公路上飛馳的汽車裏，都有卑微的、薄薄的夢，演繹高速的失憶症。

更漏將闌

醒來的時候，還是一片沉甸甸的黑，窗外遠處的燈影盡滅，剛剛下了一場驟雨，是的，是雨過了，才醒過來。我知道公園還有聒噪的蛙鳴，遠處有些雀鳥已經醒過來。只是我緊緊關上窗，看着窗外不懂流動的光。寂靜、寂靜、寂靜……

還有兩小時，才懂得天亮。

床上張開一雙又一雙詭異又清炯的眼睛。瞪視着欲望的影子，追捕虛無的尾巴。空氣中殘留一吸一吐的濕度，相擁而睡的人們，在不能目測的距離間，逃離，又靠近。如果把人生的相遇畫成棋盤，用縱橫交錯的疤痕刻上軌跡，在期望、失望間徘徊，用迴繞絕望的步法，勾出所謂幸福的輪廓。我看着那床單上詭異的眼睛：為甚麼你要看着我？

只是我做夢的時候，我們相對凝視，再也不認識彼此。只有地鐵中嗚嗚的廣播，捲起冰涼的風龍，擦過我的身體，拐一個彎，又鑽進我的衣服裏。於是我睡醒了。

我們重遇，再認不出對方，或者連寒暄的氣力都沒有了。去意徘徊，並且在沉重的身體裏，找一息間的安眠。

遇見是永別的序幕。

讓我跌進愉快的睡眠裏

凌晨一時的時候，我很想夢見一個賣夢的人。

他拿着各式各樣的夢，藏在一個又一個的橙色木箱裏：設計師、建築師、醫生，都掛上了很多人認為理想的職業名牌。有紅色的木箱，價錢比較高，寫着：醉生夢死、忘掉記憶、遺失痛。我想，這些是暢銷的木箱。

如果你可以買一個夢，你會買甚麼？譬如說：不再虧欠自己；譬如說：忘掉愛。

可是世上沒有這樣的一種買賣。有些終點，像種滿花的公園，永遠是藍天，種滿不會枯萎的樹。輕輕呼吸，也可以吸到沒有被污染的空氣。然而要到這樣的終點，你必須走過滿是荊棘的路，它打磨你的眼睛、耳朵，蒸乾謊言，把你磨成一把自衛的刀。有些路讓你放大寬恕，有些路，讓你懂得稀釋人世之惡。

是誰告訴我，人生必須以協商和折衷的方式完成，為甚麼一直追趕着、追趕着……。為甚麼最美麗的相遇，必有枯死的一刻，為甚麼悲傷的力量，可以凝結成心中最堅硬的冰。

我拖着疲累的思緒往下沉、往下沉。睡着了，我夢到一場海嘯，把我們的車，連同曲曲折折的沿海公路一併淹沒。睡醒了，假如我們還在一起，於是明白，原來聽到鼾聲，竟是最溫實的安慰。

問號讓我窒息，而句號默默凝望着我。

潛入沉沒之中

天氣回復潮濕，我們又要回到我們千瘡百孔的房子裏：那些佈滿回憶的洞像失控的細菌擴散。明白人生不會像抒情音樂般永遠溫柔。我渴望可以閉上眼睛，好好休息，可是所有東西都像白色的影子般，在漆黑之中激烈碰撞。無法安靜，走到街上是擁擠的人群，沒有目的的行進，時間如幻覺飄流。然而我們還是幸福的，有一股惘然悲慟的聲音，如果連珍惜都不懂得，你連僅有的東西都會失去。並不是你懂得還是不懂得的問題，而是如果你不懂得，便等於用刀插向自己；並不是要討論如何逃離憂鬱情緒，而是如何麻醉自己的痛感。你還在，一切就好。貪心的人，永遠輸得最多，然後才可以看清楚自己的模樣。有時候，我們活在幻象之中——自由的幻象、自主的幻象。人是最拿不準的東西，像平靜的火山湖其實已經是十面埋伏。我們僅有的，只有那一丁點的自我和尊嚴。靈魂和肉身都是資深的背叛家，回憶用輔導主任的口吻安慰着你。然而，總有出路。這彷彿是世界上最大的慈悲，也可以說是最天衣無縫的騙局。沒有光用目光照明，誰叫我們天生崇拜光就在很深很深的夜裏，突然我們十分清楚知道，有些足跡一直發光，短暫的日子像床頭小燈，即使多麼微弱依然照亮黑夜，同時發現黑暗。有時候，實在無法解脫，用鐵絲交織的奇異的記憶的網。但我們必須行走，不論風景如何，時針毅然行進。沒有人願意告訴你並且聆聽所有來自心靈深處的回音。有聲音輕敲：即使多冷，也要打開自己的窗。當你又再一次，不甘心把一切交給時間。關於復元，或者再生。當你又再一次，不願相信，最愛的總是遲到。我不能告訴你，其實你自己就是希望本身。我們總有些時候，像要用四面的牆包圍自己。明明知道，這步步進逼；明明知道自己沉入敗退之中。所謂孤獨：是沒有人可以撞進來。於是就沉下去、沉下去，請相信沉到底，便會有光，光的背面，總會有人，那個人，拿了預約籌，已經等了太久，於是你才明白，甚麼叫浪費。我活在被雷雨拖行的城市，努力地抓着甚麼，整座島嶼不過是好像較穩定的大浮台。我從未懂得深深潛入、閉氣吸氣的節奏、用手撥水力度；我只懂快速地向前游、用背叛我的身體，把世界關在外面。當水草捲着我們，勒緊我們的氣壓和力量，有人告訴我：當天空沉沒在水裏，你才可以找到自己。我還得偽裝一切並不打緊，和快樂。我微小像三秒的陣風，因而，沒有悲傷的權利，而且要虧欠所有人。

廣島之淚

一種蒸騰，在一個平凡的早上，令無數家庭化為煙塵。很多年後，無關痛癢的後戰爭人們，來到這裏，在遺址中，做一場可有可無的憑弔。

彷彿還未蒸發暖意的黑夜敲打我們的背，列車從凌晨兩時駛回市中心，所有的街燈都關掉了像回到原始的黑色中，像用溫火煮着熱鬧過後的些微寂寞。時光和戰爭的陰魂，是淡黃色的光影，靜悄悄地流過我們的身體。並不是所有夜行的列車都可供緬懷，青春的激動從來不屬圓形的軌跡。

這是一場旅行，可以是第一次、任何一次，或者最後一次。

我們總是冷靜地感受坐在身旁的彼此。獨處像一種刑罰。兩個自己重疊的陰影地帶，在並行間漸行漸遠的黑色部分。我們本來以為走向遼闊的大地，其實不過是一個卑微的島。是不是每一個人都會相遇、重疊，然後分離，回到原點，才算是完整的孤獨？我們的生命裏，有太多無關痛癢的死，像風穿過我們，埋下了伏筆，慢慢滲入我們的生。豐饒的死亡，刺激空無的珍惜。我們看到的只有眼前的處境，放大，讓它發酵，肆無忌憚。時代和歷史的暗示，卻離我們很遠，是與我無關的東西。

我總是相信，每個人都有一個特定日期，當頭棒喝般，頓悟。

在嚴島神社，我們在一年之初，誠心禱告，用小硬幣擲一個卑微願望，島被賦予神聖的光。原爆過後的輻射從反方向射出。即使相遇但幸運並非必然，我們清楚知道的是所謂天地盡頭，在歷史中不過是微妙一點，沒有開始也沒有所謂終結。沒有美好，其實也沒有時光。海浪演繹一推一收的藝術，我竭力平衡，其實不過是隨浪而行。

從凌晨走到清晨，像從明走到暗。原來太陽也走了一半的路程。十億年之後，太陽將變成一顆紅巨星，其體積之大，足以將地球吞噬進去。換句話說，地球最多只能多活十億年。太陽的熱量就足以使地球的海洋蒸發、沸騰並消失。人類的文明，可以真真正正的灰飛煙滅。每當我跌入宇宙的年輪，彷彿跌進恐怖的深淵。偉大的作家們烙寫不朽的靈魂，超越自己的生死，但怎樣都不能超越地球的生死。一切都有限期，鐵一般的限期，無可動搖的，連微細如微塵的記憶都要抹除的限期。

而我們的愛情，又是甚麼？原爆原來是一場最驚心動魄的隱喻。

讓我天真並確信這永遠是一個可以重新出發的起點，即使那些關於消亡的預測，正匍匐逼近。

輯三

空鴉

不祥的鳥
空叫着
卻是要追逐光明

病床

最後，我們必須走到這裏，回看用繃帶綁成的時光。那些新生的笑聲，在耳邊靜下來，病床旁的針筒不再銳利。一雙雙慰問的眼睛，同時看着苦無對象的電視節目。娛樂在人生之中佔必要的位置，即使一切都已經再與你無關，並一一逐漸遠離你。在檀香與十架之間，那從你一出生就在這兒的透明鐵銹漸漸現形。我們安然帶着緊緊鎖起的暗黑的秘密，當我們慢慢像紙輕緩飄起，有人告訴你其實所有人都已經知道，只是因為不再特別而無人提起。被刻意掩蓋的疤痕，會被讀出更豐富的故事，我們的生活像要奮力向前的箭，忘記自己是不由自主地被擱在弓上。終究知道，那被污染的肺、唇上的紫黑色。秘密、瘡疤和遺憾，不過是別人的影片是無關痛癢的一頁。

生而為人，怎會如此？

在小巴上聽到的一席話，一位戴上助聽器的伯伯，巧遇另一位老人朋友。他提及他的妻子，因為中風，所以要整天在家。因為她不喜歡住醫院，所以他特意買了一張病床，擱在家裏，可以隨意升高，調校床背。因為在家，她的家人探望她的時候會方便和隨心些。當病人變成重擔，便盡希望減退愛護他們的人的壓力。只是他的妻子已經不能說話了，只能用眼睛說一聲謝謝，伯伯說：幾十年夫妻，她認得我、她認得我。

屬於我的將來的病床會是怎樣的呢？生活無常，恒常的路燈無論多耐用，它也會有熄滅的一刻，城市的虛無與飄渺，我們的人生不見得有甚麼大風浪，可以淹沒「但願人長久」這五個字。笑着來，笑着離開，容易嗎？我不知道。

啟蒙

很喜歡張愛玲《傾城之戀》中的一段，白流蘇受了三爺和四嫂的氣，感到被遺棄，同時自己漸漸年老，一刀一劍是時間的威脅，自己偏偏手無寸鐵，於是她找母親，想起童年的一個片段：

哭道：「媽！媽！」恍惚又是多年前，她還只十來歲的時候，看了戲出來，在傾盆大雨中和家裏人擠散了。她獨自站在人行道上，瞪着眼看人，人也瞪着眼看她，隔着雨淋淋的車窗，隔着一層層無形的玻璃罩——無數的陌生人。人人都關在他們自己的小世界裏，她撞破了頭也撞不進去。她似乎是魘住了。忽然聽見背後有腳步聲，猜着是她母親來了，便竭力定了一定神，不言語。她所祈求的母親與她真正的母親，根本是兩個人。

這大概是青春中最真實的啟蒙：不是你會擁有多少，而是你要知道自己僅可擁有的是多少。自私、軟弱、貪心組成人生追逐過程，我們求助，然而呼喊一聲，就是只能聽見自己的回音。如果幸運的話，你有家庭支撐着，甚或自己組織一個家庭。因為世界滿是與你不相干的陌生人，他們不會幫助你。只是如果連家庭這最後的支撐點都失去的話，這定必造成最致命的碎裂——那時候我們或許要急急找着些甚麼，物質也好、旅行也好，總之要把空洞瞞騙過去，卻無可避免地陷入最深的孤獨中——空懸僵硬的微笑。

如果二十歲是十字路口，以為有很多路可以走，三十歲或許就只是一個沒有出口的迴旋處：循環的疲累。身體機能逐漸衰退，人際關係漸漸冷凍、熱情蒸發，在滿是苛求的香港社會，如果你得到一聲喘息的機會就是最大的獎勵。主流價值觀編織令人刺痛的網，要有多大的勇氣才能發展個性。令人氣餒的大新聞，個人微小的苦惱不算甚麼，於是你為小事而釋出負能量，仿似也是一種罪。我想起也斯的詩句：生活是連綿的敲鑿，太多阻擋、太多粉碎……

四十歲的啟蒙呢，或許還是那一句：不要虧欠你自己。

空城

我想起這樣的一個下午：我看着一本健教科的作業，正背誦着其中一課的問答答案，但我怎樣都背不下去。姐姐叫我去公園、看電視，我不敢去，我鎖自己在房間裏一直背一直背，我永遠想不起那答案，但我永遠記得這「硬背」的情景。

這是恐懼。原來這是我人生的第一課。

但我恐懼甚麼呢？考試不及格？一次小學考試可以有多重要呢？小時候，我努力讀書，是因為害怕被父母責罵；少年前努力讀書，是因為害怕不能考進大學；現在不斷工作，是因為害怕捱窮。克莉斯蒂娃在《恐怖的力量》中說到：「苦痛、恐怖、死亡、共謀的譏諷、卑賤、害怕……。這深淵，悠悠訴說着在自我和他者——全無和全有——之間的奇異裂縫。」如何把人的潛能發揮出來，是恐懼。如何把恐懼的力量轉化為最大的動力？請給他們一個恐怖的想像。恐懼是恐怖的前奏，恐怖是恐懼的影子。然而，真正的責罵、考不入大學的後果——貧窮——都未曾出現。即使我真的失業了，我真的要過着身無分文的生活，大抵也和我想像中的捱窮不一樣。這是恐怖的想像和現實之間的裂縫。

但恐懼的力量彷彿令我向前行，一直追趕着主流的社會價值觀，我得到了，原來使我更空虛；我逆流前行，但原來被難以名狀的浪推擁着，我正後退。我不知道自己要甚麼，我只知道自己不要甚麼——這是恐懼的力量。恐懼如此篤定，卻會令人迷失、令人難受。

即使你已退到牆邊，你說錯一句話、做錯一個手勢，你的生命會無情地被犧牲掉。那人可以是你的至親，然後你連悼念的權利也被剝奪。巨大的恐懼聚集在一起，撐起旗幟，可以借助甚麼力量，就借助甚麼力量，如果你走到這美麗臉譜

背後，會看到真正的空城的臉

一張彷彿要被行刑的死囚的臉。

若干十年後，這份恐懼代表甚麼呢？可能是公園長椅裏的青草。可能是一個小孩問他的母親：那時候發生甚麼事呢？母親輕輕道：其實我也不知道，我聽你的外公說……。安史之亂、鴉片戰爭、法國大革命……今天也不過是「清風徐來，水波不興」，這是夏瑜的百年孤獨。

冰

曾經有這樣的一個故事，一個印度婦人從來沒有離開過自己生活的沙漠。一天她遇上一個旅人，告訴她遇上噴火龍，她不相信。後來，她的堂弟旅行回來，鉅細無遺地描述一條河結冰的景象，細節一字不漏。她依然不相信，因為沙漠上，根本沒有冰。

這個故事給我們的疑惑是，如果我是那位婦人，如何面對事實與謊言？我們無法跳出我們的既有知識和生活經驗——它們顯然是有限的，可是又有很多未可知、無從判斷充滿誘惑的話語展現在我們的臉前，譬如說：這是一場政治爭拗？這是有人無理在先？又或者說歷史無法推翻？真相無法還原？甚或有人以政治與歷史為名收受利益？

我始終相信一個事實，世上有冰。就是曾經發生過的事，就有真相。事實是輪廓，真相是內核。真相容易被曲解，是因為我們所知的事實太少。新聞片段、新聞紙、訪談、任何有關事件的錄像等等所有與這件歷史事件有關的材料都要保留，然後拼合在一起．真相便會局部或完全出現。如果一切細節說來，鉅細無遺，合情合理，大概就是真相。關鍵是：有沒有人用盡心力保護這些歷史遺產（人、物）；有沒有人用盡心力把它整理在一起（放下預設的立場，發現遺失的部分）。這就是歷史學其中一個重大意義。

生活在香港的「印度婦人」，大概有一點不同：因為利益，所以選擇不相信，或者叫人不去相信；因為利益，所以選擇性報道，以此影響其他人。這是一種悲哀。我想起南宋國都的名字「臨安」。有些人想，在我有生之年，能生活靜好便可以了，管他一百年之後變成怎樣？我尊重個人的選擇，也曾有這樣的想法，亡魂們前，大概會頓覺無地自容：我應該是幸運的，因為我傾向相信良知。

假日日常

馬鞍山的新港城假日人潮洶湧，我走在人群之間無法安靜。我們必須承認，擠迫的居住環境是香港人壓力的主因。這壓力是如何累積的？是因為難得在假日，為甚麼還不可以率性而為？讓孩子亂跑、大叫，趁着大減價，胡亂推撞，連吃飯也要早一點吃，不然怎樣可以找到位子？這無疑是叫人難過的，你必先憤怒，然後同情，只有匆匆跑回自己的家，才有一刻安靜。如果有些家庭比外面更嘈吵，這無疑是不堪設想。看看公園的老人，或許他們就是要避開至親的目光和冷語，為甚麼他們要有這樣的悲涼結局？

身體不好，扁桃腺連續第三個月反覆發炎，或許與工作太繁忙有關。除了應付日常教學工作，還要做考評工作，主持講座等等。當身體好一點的時候，急急又想多做一點工作，然後身體又發出警號。試過很早便上床睡，但腦子不停轉動。我不知道要想甚麼：工作、生活、人生或者過去、回憶？人很容易找不到自己，很容易會迷失。在深夜的時候，我只可以相信藥物，無論如何都是令人難過的孤獨。

沒有信仰，彷彿失去了靈魂支柱。中二的時候有上教會，心中默默相信有一位造物主。但我發現我的精神支柱或許始終是來自文學。我在文學裏學習生活，諦聽前人的智慧，細讀他們的心靈。我喜歡辛波絲卡，在日常生活的細節中閃出智慧鱗光。我非常喜歡〈植物的沉默〉：「和你們的交談雖必要卻不可能／如此急切／在我倉卒的人生／卻永遠被擱置。」擱置這個詞，多精準。我們願意溝通，但時機讓溝通擱置。我們總無法立刻解決問題，小至個人問題，大至社會問題，我們必須讓時間將之發酵，我們的內心必須掙扎，我們必須受這種煎熬。我也明白生命的本質是無常，不論你怎樣做，彷彿都無法挽救這一點。文學在我的心中永遠是流動的水，更令我像失控的木偶。我還未找到一塊令我心中踏實的石頭。我喜歡魯迅，卻無法像他如戰士般活着——我無法成為這一種人。那我究竟是怎麼樣的人？

不知你有沒有發現，香港社會已失去了應有的禮貌。無論在餐廳、交通工具上、街道上、網絡上。我說的禮貌有另一層意思，是指：我可以傷害你。或者在我傷害你的時候，完全沒有一點想過你的處境。這是自私、麻木的變奏。只要你打開 youtube、facebook，誰不是在控訴？久而久之，我們再無法願意聆聽別人的故事，只懂在僅餘的假日時光中逃避同城人，這是香港這十年來最深的悲涼。究竟要有多堅強的意志，才能抵抗壓力深潭的吸力？或許我們整個城市都需要一顆安眠藥。

航拍

只有航拍的眼睛，是如此寧靜。沒有噪音，沒有嘆氣的聲音，密集空間的輪廓，用縮小法逃避荒漠般的精神世界。只有這樣，才有空間靜下來，吸一口氧氣。所有的悲劇都再不罕有：海難、公路巴士掉進深谷、人踏人……在這個城市裏，傷者處處，卻沒有人可以敵過時光的遺忘術。在細小的苦惱中嘗試逃遁，完成一種叫及時行樂的卑微儀式。

或許不過是買一點東西。基本上不能感受物質的匱乏，或許被封鎖整整一年，才明白食物和食水並不是源源不絕的：匱乏的缺席，難以知道滿足。潮流像一個盲人，勉力地牽扯着，免於跌進更大的虛無裏。空空的在網絡掀起罵戰，或許悄悄築一個移民夢，都是指責的變身。時光溜走了，在微小的物質感中找到自己，然後聽過關於非洲饑荒和敘利亞戰爭的新聞後才抱着幸福的水泡而漸覺幸福。人們用叫苦連天的聲音築起牢不可破的牆，其實牆的兩邊，站着的人，都是相同的人。

這裏永遠有夢想：旅行。日本、台灣、歐美、東南亞。假期的時候，湧到機場去，然後在網上貼上一則又一則的旅行快訊：用一種熱鬧的方式包裝寂寞。這是夢想，在冗長的千篇一律的工作中的夢想。抱怨之中捲着是非，即使在外地，或許還要在餐桌上說同事的不是——請原諒蒼白。

約會過後還是約會。用一個又一個的期待掩蓋失落。人來人往，用一個人代替另一個人。用一個陌生人代替親人，用親人代替陌生人。刪去信息，在智能手機螢光幕滑動，不要看着秒針一下一下的跳動。一天過去了，鬆一口氣，迎接另一個一天，又一天。

孤獨的撲救

在一條不能停車的天橋，停住了，於是竟然可以從另一個角度，看到我的舊居：淘大花園。

淘大花園是香港的傳奇屋苑，二〇〇三年的時候，淘大花園爆發大型的傳染病：沙士，淘大花園成為被封鎖的孤城。二〇一六年，在淘大花園附近發生一場有史以來歷時最長的火警，有兩位英勇的消防員殉職。然而淘大花園也是香港著名的「上車盤」，因為樓價不高又位處社區，所以這裏讓不少年青人實踐置業夢：包括我。搬進淘大花園時，我是二十多歲的少年，簡單，只求物質豐裕，像很多香港人一樣，對世界、社會甚至人生，都不了解。我在這裏度過了我的三十歲生辰，那肩膀漸厚，卻頓覺人生虛無的關口：從幻想自己可以擁有很多，卻開始明白要鍾煉的是失去的藝術，有得必有捨，握緊雙手畢竟不是常態，我們的手是長期鬆開，彷彿要放生一兩隻厭世蝴蝶。

香港的大事件，很快會被人遺忘。為甚麼我會在天橋上停住了？我們的城市正面對重大的打擊，很多道路被堵住了，不，很多人的心被堵住了。其實這條天橋曾發生一次致命的交通意外，一輛的士失事從天橋飛墮地面。一個家庭有了永久的傷痕——但沒有多少人記得這個家庭，卻記得今天這城市的傷痕，這是刻骨之痛，卻又輕得像煙。

從前的香港人是十分簡單的：只求生活安穩。在物質中找到喜悦，家人平安，可以當作一生宏願。從前的香港人畢竟是單薄的，他們不會思考政治的力量，不會想像我們的社會可以變成第二個模樣。香港用價格建構價值，沒有想人生的大志，也沒有想過要犧牲自己去成全甚麼。個人的生命是甚麼呢？南丫島海難、菲律賓人質事件的死難者……。還有很多很多的不幸、不義都跌入深谷，失去了發聲的位置——這是香港的命。這是一種覺醒，但覺醒的第一個感覺，必然是痛。

我們牽着手，不忍分離。

今天馬路被堵住了。我想起香港像不像沙士時的淘大花園：覺得有病毒，必須隔離、消毒；我又想起當天消防員不顧自身生命救火的身影。今天，傾城一刻，每個人穿上消防員的衣衫，走進一個又一個失火的迷你倉，展開一場艱難而孤獨的撲救。

盧凱彤

當我正身處日本熱浪之中，不停聽到很多負面消息：印尼地震、港鐵沉降、盧凱彤自殺。四方八面的矛盾、角力再次造成泛濫海洋，淹沒風景。人性的醜惡明目張膽地在光處張牙舞爪。

當中盧凱彤的死，叫人最唏噓。我再聽哥哥張國榮的遺作〈玻璃之情〉：「如果你太累，及時地道別沒有罪。」我大膽假想（這是我聽流行歌的方法；特意寫抑鬱症病者的歌可聽林夕〈一追再追〉），這是抑鬱症病者的伴侶之歌。死者，面對巨大的痛苦，選擇輕生，對他們來說可能是句號，但對他們的伴侶而言，卻只是逗號。面對最愛承受痛苦，自己卻無法幫助他，是最大的痛苦。

「不信眼淚，能令失落的你愛下去，難收的覆水，將感情慢慢蕩開去。」疾病可以令愛情變成鋒利的刀，令本來的感情蒸騰成殘忍的空氣。「我抱住過，哪怕失去」大概是張國榮最傷感的歌詞。我卻突然慶幸社會對他們並未有太大的注意——安靜、請安靜。

不禁要問，為甚麼上天要製造這一種痛苦之餘，更要有很多很多的人，那些恐同焦慮、自以為是、自以為把人生看得通透的人，發表一篇又一篇的涼薄文字。他們總以為自己的生活方式就是最好的嗎？還是自己就最有智慧？你又憑甚麼站在這樣的位置說話？這是我見過的人性最大的醜惡——不過是想把自己抬高一些。衷心希望，不要再胡亂評論別人的人生。

或許所有話都會變得庸俗，包括「願你安息」四個字。在盧凱彤生前，我並沒有細心聽她的歌，後來在旅途上靜靜地聽、一字一句地聽，頓覺她的心志，比得上任何一個教育家：「這雙手，決定以後不發抖，捧着結他救地球。」如果我們有類似的想法，寫下來，因為我仍深信，人類的共性多於矛盾，人性的最原初的基礎，是善良。這是我們對她最大的尊敬。

空鴉

我夢見我在一所簡陋的木房子裏，房子是一所教室，一對一對渴望知識的眼睛，用盡力看着我，他們的動力不是源於知識，是在於要改變命運。

我正要開口，說第一個字：難……。

我想起昨天看到一大片平原，到處都是荒廢的房屋。房屋裏還有被人遺忘了的陳設：照片、碗、石磨、木桌……。

我走進竹林，路愈來愈窄了。竹林裏彷彿有石造的古文明神像，用一種狼般的眼光盯着我，我要走得更快、我要走得更快。

突然遠處有光，我知道是竹林的出口。原來是一大片墓地，墓地明顯被毀壞過。石碑上的照片被撕去，名字被刮去，只留下尖石和力量留下的痕跡。它們本來是不一樣的，現在竟從「被消失」之中，孕育一種新的共性。

我隱約看到一些名字？或許是年青的人？那些人好像不是名人，也不是為國犧牲的英雄？然而一些枯萎的鮮花，像被焚燒過的假髮，這是一大片用墳疊起的灰色地帶，僅有的顏色，卻確切告訴你一切都是虛假的。

一些鬼魂走過來，拿着信件。它們的身體都被掏空了，僅餘一雙雙發光的瞳孔，照着前路。我不是穿梭人間和陰間的郵差，我狂奔，恐懼任何帶有感情的語句，這給我極大的罪惡感。

一隻烏鴉劃破天空，明明張開口，卻聽不到叫聲。是因為牠喉嚨破了一個洞，還是空氣過濾了、淨化了聲音？牠張開口，又合上，張開口，又合上，嘴裏像銜着一條極要縫補傷口的透明的線。

我回到教室，想把這些告訴同學，然而不能，我把一切含糊過去，把它化為「尋尋覓覓，冷冷清清，淒淒慘慘戚戚」，因為李清照是合法，但我的夢好像違法。

一雙又一雙尋求知識的眼睛看着我，我急忙戴上眼鏡，生怕他們看到我看過的風景，而我又確信，眼鏡可以把一切擋在外面，騙騙他們：知識可以改變命運，於是他們幸福地微笑起來。

輯四 北橋

北橋的風，彷彿就這樣永遠吹向我
那個疲憊、迷失、不知所措的我
於是我才懂得重新笑了

深井

——給父親

下車之後，是一條陌生的馬路。馬路兩旁是不知名的私人屋苑，我嗅到一點海水混雜垃圾的臭味，可能我總覺得香港的大海已被污染。再走過一點，有一條大坑渠，我四處張望，路人很少，車開得很快，我在默默尋找「XX地產」的大字。後來我知道，大大而搶眼的字，不是給我看的，我只是來見暑期工。一個害羞的少年，來到這個地方，這個地方有一個動聽的名字：深井。

深井，可不是，掉一顆石頭下去，然後聽到空空的回聲？

深井是我意識到父親教育我的起點、啟蒙之地。考畢高級程度會考之後，父親便叫我找暑期工。我獨個兒到深井見工。父親對我的教育方式，跟姐姐不大一樣。我知道姐姐見第一份工，是到廣華醫院，父親陪她一起去，即使是會考時，我們要到不同的中學考試，或遠或近，父親都會先在考試前跟姐姐走一趟；然而我呢，我甚麼都是一個人去的，那時資訊科技並不發達，現在我也無法想起來，到底我是如何知道前往的方法。

我並沒有怪責父親的意思，這是父親給我最好的教育，實際上從小到大，父親給我全天候的保護，從選中小學、升讀大學到後來長大置業，他的幫忙與扶持是無盡的。金錢與物質的支持，是快速的；但精神的教育，卻是步步驚心的。他常說：快點認識社會的黑暗，要獨個兒解決問題。我漸漸看到社會的暗角，世界的涼意。

是的，我的第一份工作便是當地產經紀，我深信沒有一個地產經紀不愛錢。到深井見工後，我回家跟父親說，他們已聘請我，當他知道那是大機構，他便立刻安心了，叫我放膽去試。後來因為我的中學同學當了地產經紀，我索性申請跟他在同一家店中工作。於是我的工作地點由深井轉移到荃灣的麗城花園。由這一刻開始，我看盡人性的真面目：謊言、出賣、見利忘義不惜大打出手，天天如此。我本來就是想打發時間，並無「爭客」之心，卻也被同事陷害了好幾遍，同時也因為不夠「積極」被上司責罵。很多客人根本是同行，卻假裝客人向我索取資料，而且時時刻刻戴着親善的面具。我首次意識到明白到香港社會，利字先行的一面，友善總帶着互相利用的性質。總之，微笑背後，總有着冷冷的計算，你真心對人好，人們也會覺得你身後藏了一把刀。

我想問問上天，如何鑄造一個人的生命？這是我對成人世界的失望的起點，當然我不知道有更大的失望要來。

我回想起來，我對社會和人性的看法很多時候承襲自父親。父親為人守時，從不爽約。他曾經因為親戚遲到，憤怒離場。他有「早到」的美德，假如約七時正吃晚飯，一般而言他六時四十五分便會到達。因此假如我約他吃飯，我絕不敢遲到。實際上假如我真的遲到了，他也不曾責罵我，只道：不要緊，最重要無壓力。其實為甚麼他這麼重視守時呢？他說過：你的是時間，我的也是時間，為甚麼你要別人浪費自己寶貴的時間等你？他極重視的是人與人之間的尊重。父親不能理解別人遲到的原因，是因為有些人從小並沒有受到這樣的教育。他們不曾易地而處，只會覺得：才遲到十分鐘，十分鐘罷了。他教導我，如果你是別人的下屬，不可以遲到失約，假如你是別人的上司，更不可以遲到或失約，因為失去的不只是關於時間，更會失掉人心。

這是小事情，但見微知著，人與人之間的關係，實際上是建立在無數的小事情上。積累充滿稜角的小事情，人與人之間的關係便會崩潰。父親為人正直，像俗語說：「有嗰句講嗰句。」他對上司，敢於痛斥其非。與其說是擇善固執，不如說是不甘壓抑。父親年輕的時候，為人「火爆」，將近退休時突然想晉升一級，於是才稍稍收斂「火爆」的脾性。然而為人依然誠實，在不可說真話的情況下，教導我凡事說話留三分，這是寶貴的經驗傳承：用最壞的心去猜度別人，也是一個有效的自我保護網。一位同事曾經寫了一張小便條給我，她說：「誠實是基本的美德，是最好的策略。欣賞你在習慣說謊的世界再次提醒我們。」我常常覺得，周遭的人都很敏感，工作上，你對別人誠實，別人也不一定對你百分百誠實，但或多或少會拿真心出來對待你。因此我的誠實有「策略」的成分，可是另一部分，的確是有真心真意在裏面的。我深深認同張愛玲說：人是最拿不準的東西。也覺得，有時候對人不要有太大期望。

在香港生活，無法不承認人性中醜惡的一面，也得承認生活艱難。父親成長於六、七十年代，沒有好好受教育的機會，卻懂得很多做人的道理。我常笑他：曾教導你的老師大概已經投胎幾遍，因為早給你「激死」了。實際上父親唸至中三，不喜歡閱讀，數理邏輯卻是極清楚。他常自嘲如果他有唸書的機會，一定有一番成就。我是贊同的，因為父親的確很精明，而且能言善辯。他明白教育的重要，所以給姐姐和我最好的教育。在文學路上，父親一直默默支持我，唸中學的時候，因為要想修讀中國文學，在迷濛的十字路口中不知如何是好，父親決斷一句：「轉校就轉校！」一定要讀自己喜歡的科目。大學選科期間，我的分數僅可以選擇入讀中大歷史系或者浸大中文系，父親又說，不要選名校，選中文，你喜歡中文。小時候我喜歡閱讀，他不惜從「實惠」搬一個「不鏽鋼」書架回家，我們一起看着極複雜的說明書，鑲嵌一整個下午：是期望、心意，還是一橫一豎地建設未來？母親說木書架不就好了嗎？父親說「不鏽鋼」最耐用。父親渴望所有東西都是恒久的，安穩是他心中的生活基石。

父親給我實實在在的禮物，是一對 Nike 球鞋。我們的家庭並不富裕，可是父親還是會買禮物給我和姐姐。我還記得小時候的那隻過大的球鞋，在街市的褐色紙皮上容母親放下兩隻手指，小小的腳掌便開始感到空間的局限；還記得那荃灣的街頭嗎？魚就在後方蠢蠢欲飛，陽光下我奔跑幾步恍如踏着不會爆破的肥皂泡。這球鞋踏上了多少年的街道？從前星期天我們一家人會走進茶餐廳，我看着早晨的卡通，大叔叫我選一隻馬。後來餐廳換了新的裝潢後來變成凍肉店——還是另一家茶餐廳呢？原來在這家店舖的不遠處，就是我人生其中一個啟蒙之地：荃灣麗城花園。我知道球鞋還沒有破今天在我的鞋櫃裏被擱置，連同我的記憶慢慢沉降，但不曾消失。

舊唱片店裏播着新的流行曲，街市還在呢人們還是在不住議價，老闆指前方多了一座山說它名叫萬景峰，天空便暗了陰影裏他要開一盞大光燈，好像讓我能照清雞蛋裏有沒有一隻誤來的小雞。是從前的我嗎？我總不忍穿着新的球鞋踏入街市，拖着母親的手偷看紅色膠袋裏半隱現的魚，偶然牠還會掙扎的後來卻沒有了。何時鞋子上有了一道黑色的幼痕呢？像魚身銀灰的骨像被拆掉的翼。

荃灣不遠處就是深井，荃灣的對岸便是老家青衣。如今荃灣已經變成天橋之城了。世事幻變，我們或許只可以用目光照亮自己。清風還會吹過街道和舊樓之間，新的商場建成了就在那粥店的旁邊，是兩個市鎮嗎？馬路有了亂撞的影子，我忘了原來的路是否還有一間玩具店。走着走着，鞋店裏還賣着便宜的舊款球鞋，還是要大一個碼吧那位母親靜靜地說。孩子呢還是想立刻穿上，彷彿踏上了懂飛的白雲，看着鞋店的櫥窗裏映照着藍天浮移。我想小心翼翼地拆開深井的回聲，不同的圓造就的斑駁漣漪訴說關於時光的故事。如果世上真的有造物者，我必須感激，祂讓我遇上我的父親。

斗室鱗光

窗外又傳來微弱卻溫柔的風。我躺在床上，看着微揚的藍色窗簾，是特價品。一切都是如此平靜。我又彷彿看到綿羊在吃草，在白雲與藍天之下，遠方有一棵見證時間的柏樹。往後一點看，便看到一所小房子，淺藍色屋頂，用磚頭建成。陌路上有過路的行人，他們都彼此認識，帶着微笑。遠處那年輕的農夫在除草。那天，我應該在蘇格蘭？然而這是童話，是假的。隱伏在我身邊的，是正要急急蒸發的身體溫度，那些冷氣機壞了的日子。

電車拐彎的聲音早便傳到我的耳裏去，天才剛亮。狹小的斗室隱藏在高樓大廈之間，我嗅到業主為了翻新房子而塗上新油漆的氣味。廚房的水管不時傳出水聲，大廳還有一兩個待棄的紙皮箱。寧靜的早晨，我在這張單人床上，看着白色的天花板，簡單的燈泡，腦袋空空一片。床是業主買的，我只是一個租客。我並沒有起床的動力。在被窩裏，我感到來自自己身體的暖意——幸好我還是生存着——然而，銅鑼灣並沒有童話。陌生的自己，擴展、膨脹。

躺在床上，母親在早晨弄菜的聲音突然浮起，還有她收衣服時，衣架碰到鐵通的聲音。她不時大聲地與父親談論着：「這鞋子誰買的呢？」我心想，他們大概是談論着我新買的球鞋。「是他在日本旅行時買的嗎？」父親問，母親答道：「不，那鞋子是紅色的。」那時，我依然未曾睜開自己的眼睛。我顯然已經不大清楚他們所談及的鞋子究竟是誰買的了。然而，我有一種安靜的感覺，大概是：彷彿有熟悉的人在我的身邊。

熟悉、熟悉……熟悉是時光的調味品。

情慾過後就是寒枯。多暖的身體都會變冷。一旦情感缺席，它便像失控的車誓要撞開一大片的空隙，我們的堅強外表只是用紙建成的堂皇建築。我一邊吃着茶餐廳的早餐，一邊急急丟掉一些陌生人的名字。我看着茶餐廳裏沒有聲音的電視。四周都是趕生活的人。正午的時候，行人如過江之鯽，沒有人會理會別人的故事。大型的快餐店排着長長的人龍。商場裏的是一群又一群無意識的羊。遊樂場和學校滿是夢想的遺骸。這裏到處都是自家經營的藥房，電車、小巴和巴士穿梭於大廈之間，追趕着、追趕着。獨處的時候，會想起親人。但有時候，我們必須承認，我和我的親人在共同的時間裏，卻彷彿置身於不同的空間中。這是距離的遊戲。接近的時候，很遠；相隔遠了，又想近一點。

熙來攘往的街道，我開始逐漸認得這區的店舖了。前面有一所超級市場，臨海的一邊是百德新街和告士打道。可以步行到灣仔消防局、時代廣場或者怡和街。景泰街有小巴去赤柱。狹窄的街道的兩旁盡是住宅大廈，我隨意可以看到外露的衣裳竹和各式各樣的窗簾。我很喜歡看人家的窗簾，大概可以從款式和顏色推測屋主的品味，千篇一律又彷彿各有不同。我猜想窗簾背後有一幅怎樣的風景呢？大概所有的故事，背後都有一個隱藏檔案——那些不想別人知道的黑暗部分。

曾經有這樣的一個夢：只要打開自己的房門，便可以踏進一片綠色的田野，吸一口像冰水般的新鮮空氣；遠處的山坡上有紫色、紅色的花朵，還有遠一點的葡萄樹呢！後來，太陽在樹下慢慢消隱，星星的流光卻掛在夜的漆黑裏，我在閣樓的天井，掛了一幅流動的畫，我可以把它命名為：成長過後那蘇格蘭的童話星群。

有些風景，不屬於你的，但你不要只顧着想像的風景，而忘卻身邊的。我知道，但做不到。

晚上的時候，我倒了一杯果汁，開了手提電腦。電視裏又在重播電視劇集。我需要聲音，填補所有空隙。姐姐最愛的那套劇剛上了大結局。我想起，我們有一個奇異的習慣，便是錄起那些劇集的主題曲，這些劇集雖然是通俗的，但總會有一兩個段落感動着我們，我們為了避免失掉那些記憶，便把主題曲錄起來。片段的選擇就像一顆又一顆的珠子，有時比冗長的劇集本身更有可觀性。不知道姐姐有沒有錄起這劇集的主題曲呢？我看着我靜止着的電話，想用琉璃窗子鑲起一個夜晚。

時間在不知不覺之間溜走，牆上的掛飾靜止着。鏡子裏反映的是一個無甚特別的斗室，廚房看上去是乾淨的，只有一兩棵植物，抽氣扇幾乎沒有用過。廁所門後掛着一條毛巾和浴簾很快便乾掉了。浴缸裏讓赤裸的自己沉沒。我想告訴你，晚上的時候，海上會有點點的燈火，閃着閃着。是寂寞的騷動。男性身體是無法馴服的獸。我倚在床邊，頭微微向下，身體的驕傲與卑賤共存。它為了取暖。詩人說：「那也不要在麵包裏夾甚麼了，就夾你的笑吧。」然而，那詩人是對他的戀人說的，不是對他自己說的。

父親的教誨總像幽靈：「要懂事，儲一點錢買房子，租房子浪費金錢。要注意自己的身體呢，不要太晚睡。」即使在這只有我自己的斗室裏，父親的話像刻在牆上的石碑文。我敬佩父親，他用自己的一雙手建立一個完整又溫暖的家。然而他不知道我的敬佩，因為我的行為總是冷漠地呈現錯誤信息。我不懂說話，只想好好的和家人去一趟長途旅行，但父親常說不喜歡坐長途飛機。我的願望和親人的感受，是有距離的。但我必須記得這種保護的語調，不許它在我的生命中剝落。

我喜歡島，喜歡隨時隨地也可以看到遼闊的海。島上一定會有燈塔，《潛水鐘與蝴蝶》的作者便是看到象徵兄弟情誼的紅白燈塔，而看到希望之光。我彷彿站在島的最南方的高地上，看到一大群白色的綿羊，然後有一隻乖巧的牧羊狗走過來，看着我手上拙劣的畫作。我即使不懂畫畫，但我可以把我看到的天空塗上青蘋果的那種綠色，把草原染紅，在強烈的反差中，留一個白色的位置，是一個關於如何詮釋自己的身影。

扭開水喉，水是泥黃色的，大概是大廈的水缸出了問題。但不必擔憂，自有神經緊張的鄰人通知管理處。我又想，何時大堂掛上了賀年的裝飾？何時聖誕樹被移走了呢？我只記住密碼、信箱和自己樓層的數字。鄰居最好不要碰面，通告多是停水停電的消息，也不願多看。然而當升降機和食水出現問題的時候，我便想起那些不願多見的看更和鄰居們，而我又隨之有一種安穩的感覺——但也是只有安穩的感覺。一杯白酒，開着地燈，情調單一無語。據說村上春樹和太太特意到愛爾蘭尋找威士忌，並寫了一本書。在不同的餐館、不同的酒吧裏，發現一個又一個簡單純樸的故事。島上的人口不多，陌生的臉孔也不多，他們走到這樣的一個異地，會遇上甚麼困難呢？我只是害怕入夜後，因為失去了光，早上綠油油的田野都變成黑色的一片汪夜。刮起大風時，我便想起家人和朋友。我彷佛看到我僅能看到的四方八面長出一張又一張的臉譜：嘲笑正在獨處的我，是懦弱的人。

別擔心，孤獨和懦弱，是你永遠的朋友。

電車又把我吵醒了，我又彷彿聽到母親的聲音。我闔上眼，彷彿看到一個碩大的風車在山上轉動，時而順時針，時而逆時針。我爬上去，看到對面的小山後方，有一個靜止的、寶藍色的湖泊。我興奮地呼叫着：快來看吧。但舉目無人，連車子都沒有，只有一片乾涸的藍天。草原無塵。我又彷彿看到母親在做飯，父親想添置一個雜物櫃。我家的水喉有點生鏽。床上蠕動的身體與靈魂穿插。我爬得愈高，便愈害怕跌下來，我看着地面逐漸縮小的東西，頭頂上的風車愈來愈大。然而，它轉得愈來愈慢。一切都變得遲緩了。那急不及待向前走的人，終於懂得緩慢的藝術。

回頭一看，我遇見長滿皺紋的自己，穿着破衣裳，匍匐而行，而且愈來愈近。我不敢看他的臉。他說他把記憶用摺疊衣裳的方法摺疊起來，小心翼翼。我想如果要打開他的衣櫥，衝卸出來的，大概就只是一大堆斷裂的獨白。

斗室裂開了，裂出鱗光。

北橋

「那我們從北橋走過去吧。」父親說。

北橋是連接青衣和荃灣的大橋，有行人路。小時候目睹一輛貨車，失去控制，撞破橋上的防撞欄，車頭衝出橋面，下面就是牙鷹洲海峽。這驚心的一幕，讓我想起死亡和無常。祖父葬在荃灣的華人永遠墳場，當祖母、父親、母親和姐姐一同在清明節走過北橋時，我總有着微微的怯意。有貨車會撞過來嗎？墮進深海怎麼辦？

後來我明白，無論如何，我都很難穿越「永遠」這兩個字。

祖父在我出生後兩星期便突然離世了。父親給我看照片，我看着祖父坐在一條陰黑的走廊上，坐在藤製摺椅上。祖父抱起我，開懷地笑着。我感到祖父的慈愛。從前祖父家境富有，後來家道中落。祖父的歡欣與哀愁，像跟祖父的身體一樣，一一跌進黑洞，我永遠無法追及，祖父的一段時光，原來這種距離，也叫永遠。

我緊握拳頭，牢牢地要擁有一切，直至痛了，張開手，漲紅的手心，飛出一隻黑色的蝴蝶。

從青衣島出發，走過北橋，到達荃灣的海濱花園。花園旁邊就是荃灣的華人永遠墳場。走上墳場需要走一條長長的斜路。祖母年老了，我們需要停下來等她。燃燒香燭過後，我們穿過重重的白煙走回家去。我明白到生離與死別，在倉卒的人生中，我希望獲得最多的快樂，然而我怎能想到，正正是這種心境，讓我們更痛苦、惘然、若有所失。

祖母現在在哪裏呢？會不會同樣地，在路的另一端，等待我們？外婆、祖母、外公相繼去世，你們還好嗎？在人生的路上的彷徨與徘徊，有時候，僅輕得像片片飛灰。

我常常慨嘆，造物者給我們有限的生命，同時給我們無限的欲望；我們的本能在於尋覓，在得與失之間逡巡遊盪。好不容易遇見愛，二人要心意相通，是需要學習體諒與包容。然而，在時間的沖刷下，考一輩子的試。有時候，是時差讓人疲累，卻沒有跌倒；快樂，卻沒有成佛成仙。我為自己戴上俗世的鎖鏈，任由它反過來拖行自己。

北橋之下，是處處暗流的海。

我看着祖父的照片只懂雙手合十，每年許願：但願人長久。從來沒有問一句：祖父，現在你在哪裏？在無數黑夜裏，墳場外的石獅子，空空的瞪視着，荒涼的世界。同樣的晚上，我只期待着吃拜神的燒肉。

我發覺，有時候人生並不在於快樂與否。重點或許是：有沒有一個人，會在另一個世界，彼此等待？後來我願意篤信，或許在彼岸花開遍的世界裏，我們的容貌頃刻變老了，背彎起來，同時硬得像木。眼睛令世界模糊，聲音變小。我們依憑嗅覺與記憶相認。我認得你了，等很久了嗎？我們一起再走下去，不會讓彼此孤單、寂寞。

翠瑤苑

我們常常喜歡思考，甚麼是起點，甚麼是終點。

我在荔景山上的一座大廈出生，由於父親是這座大廈的管理員，因此我們住在地下的一層。山上非常潮濕，我和姐姐常常滑倒。由於單位位處地下，因此有很多「蛇蟲鼠蟻」走進屋裏，常常令母親和姐姐尖叫。印象最深的老鼠，牠常常在客廳中奔跑，或者躲在電視櫃的底部。有時候父親會用燒魷魚作餌，一室的香味隱藏了殺機。我想起一隻小老鼠不慎跌進我們設計的陷阱，被玻璃膠黐住了，動彈不得。只有那倉皇的眼睛，急急轉動着，看着牠那眼中的最後的世界——或許更遠的眼睛，是來自牠的母親，無助地站在一旁，默默無語。牠的終點，建立在我的起點上。

後來倉皇在客廳中逃跑的是我。因為先天性的哮喘病，我經常需要吃藥。有一次我再受不了那藥水的苦味和涼意，執意不肯吃藥。我記得母親追着我，我就在客廳繞圈逃跑，後來母親一句：痊癒了，帶你去麥當勞喝汽水，乖！快點吃藥。於是我就範了，今天我忘了藥水的味道，卻仍聽到那汽水靜靜的呼喚，宛如來自人生深處、湖心漣漪般的溫柔的呼喚。

這是我人生的起點：潮濕、老鼠和藥（類固醇）——還有我最喜歡的玩具車。有時候到長沙灣和祖母嘆茶，或者看醫生前後，我都會嚷着父母親，給我買一輛玩具車。久而久之，我得到的玩具車實在不少。我最喜歡的是貨櫃車、水泥車和巴士。我常常在客廳中排出車陣，就像屯門公路大塞車般，有時候母親不慎一腳踏破了巴士，我就用膠紙修補。玩完大塞車之後，就把它放回原是載洗衣機的紙皮箱中。後來搬家長大了，母親說想扔掉這些玩具車，於是送給了表弟，不料，不到一個月，這些玩具車都破爛了，難道死物都有執着的靈魂？

很多年之後，我才明白這些起點都是溫柔的。

後來當上學生，明白了考試的重要，會考高考成為了十字路口的紅綠燈。過了這個路口，又明白社會會給你很多考試：工作、同事間的相處、政治議題。後來又知道給你最艱難的考試題目叫人生：生離死別、至親、愛情和自身的衰老、身體的叛變。更難的是，如何從那些棄置的情感中，重新找到凝固了的生活熱情；如何在堆積的失望裏，找出嘆息的出路；又如何在漸漸明晰，知道誰是重要的人生關卡前，學懂同行、放手和目送的哲學。沒完沒了的考試，都是艱難的、獨一無二的起點。原來不是每一個起點都是溫柔的，原來，有些起點，有刺；有些起點，經不起時間，瞬間枯乾成終點。

很多年以後，因為機緣巧合，我來到了荔景山，看到這一座依然屹立在荔景山上的翠瑤苑，讓我明白所謂成長、所謂相知、相遇、相愛，都是命運用它的指爪演繹的玩笑式木偶劇。當天一杯汽水，便可以拯救我，今天呢？在燦爛的早晨陽光下，長大教曉我們要學懂面對失去自己。

樹基幼稚園

打開地圖，你無法搜尋失去的空間，改建的、拆卸了的、改了名字的，都把舊有的物事披上幽靈的外衣。它們的生命正日漸消逝，待最後一位活着又記起它的人死掉，它的生命也告終結。

我唸的是樹基幼稚園，位處荔景邨的第一座風景樓的地下，在我唸中學的時候被拆掉了。因為考評局改建了附近的小學校舍作評核中心，所以每逢文憑試季節，我都會到訪荔景。只是我再找不到幼稚園的半點痕跡，換來的是急速老化的屋邨景觀，殘舊的菜市場、泛黃的的診所。在這裏，連茶餐廳的水準也彷彿隨着老年人的味覺退化，而失去活力。

唸幼稚園高三，我是以第一名畢業，後來在整個小學和中學生涯中從來沒有拿過第一名。獎盃一直放在家中。那的確是微不足道的成就卻又能散發多少歡樂的氣息。關於這所幼稚園除了用作盛載餅乾的彩色碟了、貼滿唐詩的瓷磚牆壁以外，其實還有一段我從來沒有向人說過的記憶。

那時候老師要我們在一張小卡子上寫我的志願，我便在卡紙上寫上父親的職業：管理員。後來我走過去看那一幅貼滿同學志願的牆壁，全都寫上法官、律師、建築師等職業。我頓時醒悟，管理員在一般人的眼中，實在不可成為志願。於是我一改極為腼腆的性格，膽敢向老師說：我想把志願改成法官。猶記得老師反問一句：管理員不好嗎？我說不好，我想做法官。長大了，這件小事一直藏在我的心底，一是對父親的愧疚，一是我發現我的庸俗是天生的。我深覺自己的醜惡，竟然看不起自己的父親。

每當我看到那獎盃，這件小事一樣隨之襲來。

後來我更明白我的誤解之深。我的父親當屋邨管理員超過三十年，因為這份職業，給姐姐和我最好的教育。從小到大，我們不愁為學費堂費奔波。父親一早便有周詳的財務計劃，只要我們用心讀書，他便會支持我們。我誤會了，父親真正的職業不是管理員，而是當一名父親。

有一次，父親帶我到大廈的天台巡邏，我跑着跑着，浮出一份虛榮心：其他小孩可不能走到天台上呢。我從天台上看到最廣大的天空，看到父親的背影，很想拖着他的手。那是我童年看過最美麗的天空，我彷彿看到有無數的風箏在飛，飛到快樂的核心。

打開地圖，你無法搜尋失去的空間，改建的、拆卸了的、改了名字的，都把舊有的物事披上幽靈的外衣。它們的生命正日漸消逝，待最後一位活着又記起它的人死掉，它的生命也告終結。但文字，可以把一切存活下來，包括當中的自私、愧疚、庸俗、幼稚和虛榮，我都要一一記下來，是警告自己，我也要做好我的職業：兒子。

紙皮石

我沒有想過，在三十七歲的年頭，會想起這一幅湖水綠色的紙皮石。

父親拖着我的手，走上深水埗昏暗的唐樓，我一步一步地走着，低着頭，只看到梯間的湖水綠色紙皮石。有些已經昏黃了，有些發黑，位處邊界的，因為沒人踩踏，反而較亮。我不能走得太急，因為哮喘病發，氣管收縮，咳嗽令我背部疼痛。走到診所，我想起綠色的沙發，我急忙坐着，又想起難喝的橙色藥水，還要每天回家吸藥粉。後來我才知道，這些藥有類固醇，副作用是令我的脊骨變形。醫生說只要我俯臥着，家人便可以清楚看到我背部右高左低，我的背脊像一幅傾斜的結構牆，這一生都會是這樣。

小時候，我並不知道哮喘的後遺症，我只知道我不想喝藥水，想喝汽水。父母必定非常擔心我的病，也要擔心醫藥費。他們在社會中打拼，承擔經濟壓力的時候，我只知道我不想再看醫生，不想半夜咳至無法入睡。到我明白的時候，人生會有更大的難題要自己解決，我回首一望，才發現童年時無論經歷多大的波折，父母總會張開雙臂保護我們。但當我們長大了，意識到父母也有自己的局限的時候，才知道堅強的理由，同樣是孤獨的理由。

近在咫尺，卻是陌生。

人生中有時太快，有時太慢，即使是家人，或者是伴侶、知己，即使有奇異的一刻，彼此接上彼此的心思，得到的只可以是明白、是了解。我們必須自己完成孤獨的航程。即使那受傷的帆濺上記憶的鱗片，人與人之間總有一幅陌生地帶。我們在時差之中相遇，在時差之中追趕失落的每個瞬間。當我們頓然明白對方當時的感受的時候，但他呢？對他來說已經是事過境遷。

一塊一塊的紙皮石，黏在一起，原來不過是一大片朦朧的馬賽克。這是人生之中最大的距離，這距離的種子，偏偏卻是愛。

黑雨之後

有一個夜晚，雨下得很大，被雨聲吵醒，卻覺得十分安穩。我在自己的房間，關上窗，風雨在外面吹，我可以繼續睡，偶爾還聽到鄰房父親傳來的鼾聲。我愛這樣的雨天，因為它與我並不相干。我可以繼續躺在暖暖的被窩裏。那時候我是一位中學生。

後來獨自搬到小小的蝸居，實際上是一分為二的小房子，因為一分為二，整間房子顯得份外窄長。房子的盡處靠窗，放了一張床。有一天，被突如其來的大雨淋醒了，原來窗邊嚴重滲漏，雨水從冷氣機與窗了的縫隙間失控地湧進來。冷氣壞了，盛夏天，房子一下子變成「熱帶雨林」。我在沙發上，一個人看着窗子度過了長長的夜晚。後來叫業主修理，師傅胡亂填上玻璃膠，隔晚，雨又來了，當然是擋不了，房間便成淋浴間。很辛苦地、強硬地，才可以叫業主換冷氣機，止住了滲漏。

這是獨立的起點。

後來搬到九龍灣，我買了第一所房子。這幢房子比我老一年，在一九八一年落成。有一天下大雨，下班回家，發現兩個房間都有大大的水窪。後來多番查證才知道是外牆滲漏。而書房的冷氣機邊也有滲漏，一道長長的水痕就這樣刻在我的心上。終於，在強制檢查鋁窗的時候一併叫師傅處理。沒多久，電線斷電，廁所的天花又有滲漏，銅喉傳來的水有不少可見的雜質。

沒完沒了。我突然又驚覺，原來，我的身體跟這所房子一樣老，沒有人可以逃遁，在時間面前，眾生平等。

從此我害怕雨天，房子給我沒完沒了的苦惱。每次下大雨後回家都戰戰兢兢。小時候那種無憂無慮的心境，一去不返了。只是所有人都需要長大，社會教導我們，能獨立才是有用的人，我們不可以永遠躲在上一代的庇蔭裏。只是，生活的疲累沒有出口，我時時刻刻想永遠躲在父母的懷裏，不再需要一個人面對：自己的懦弱。

我已經是一個成人了。不過我但願傾向相信，日子應像今天的黃昏一樣，雨後總是有熹微但懂得安慰人的光。

煙霧瀰漫

有時候深夜像一個偌大的黑色的湖，到某一個特定的時候，湖面會傳來幽靈的歌聲。我聽到她們唱出世界的秩序：白天、黑夜；開始、終結；擁有、失去……。她們用盡心思去唱，換不到一個必然的結果。

於是情緒宛如毒氣蔓延。

小時候，常常聽到父母的一句話：努力讀書。讀書後是甚麼呢？安穩的工作、職業，或者組織一個幸福的家庭。這是一場驚心動魄的賭博，幸福可以是滋養失去的土壤。人生從不可知到可知，是不停的找石頭，然後往自己的肩上放。

在摩天大樓看出去，馬路就像橙黃色的川流不息的河。車子流動着，滑過一盞一盞的路燈，悸動的心，要到哪裏去？追趕着、追趕着，無論哪裏，都彷彿是荒原，也必須追趕着。

我害怕那些所謂成功的範例：富商、行政總裁、專業人士。自以為成功，其實只是因為眼界狹小。商人説懂得理財，彷彿就有智慧；教師們常在嘴邊掛上一句話：我們小時候、我們當學生的時候……。你走過的路，僅是你走過的，不要讓別人走你的路，然後給他一個名為「成功」的紀念獎牌。

誰知道，甚麼是有用，甚麼是無用？

宗教與哲學，有時候教導如何承受沉重的失落，只是煙霧瀰漫，就是真實的人生。——而我恰恰沒有宗教信仰，百年孤獨，孤獨者和孤獨者，無法相接。百年以後，沒有你，更沒有我。沒有悲痛，更應沒有煩惱。

我想起小時候的自己，匆匆跑到街上，找小販嬸嬸的木頭車，看着炸魚蛋、炸雞髀，我看着滾油上水泡，睜大眼睛。長大以後，明白那等待過程是最美好的，只是當你知道後，無論如何也找不回那雙眼睛、那種味道。在緬懷之際，今天的特有味道也變質了。

我必得承認抒情的文字無法處理軟弱。

閉上眼睛，跳入湖中，看到一雙雙看着我的綠色眼睛，到處尋找着可以叫人安靜的經文，這是水底中，一場孤獨的盛宴。

醫院微光

你知道嗎？你第一樣失去的東西是甚麼？是出生時，在醫院的第一個記憶。

因為那是屬於母親的，她帶你來這個世界。你來不及捉緊甚麼，只懂哭。

然後醫院的記憶，逐漸屬於你的。小時候患上肺炎的白牆和醫生。中一的割禮如此漫長，姐姐帶來卡帶隨身聽，我在床上聽偶像派的歌，原來這記憶比學校旅行記憶更具意義。還有一個三十多歲的男人和我做同樣的手術。我還記得他太太的樣子。那一陣陣藥水氣味，還有一個一個和我洗傷口的護士面龐。在無傷大雅的小痛楚，和無數的陌生的臉孔間，我不知道，原來很多人與死亡搏鬥，而我毫不察覺。

後來在醫院目睹祖母的離世，在一種沒有彈力的表面之下確切感到身體的流逝。一些記憶又隨之展開，在那細小的屋邨和祖母中風之後的輪椅摺疊在一起，交織的是屬於我的死亡陰影。

近來我知道，有些人寧願留在醫院裏，因為他的家，比病房更冷。

這一刻，醫院是屬於別人的，但我逐漸看到自己的。

或許空無一人在床邊守候，或許有。大概也是白色的床單，冷冷的光管。公家醫院或者私家醫院並無不同。我希望我看到自己的靈魂。

三十多歲再住醫院。這一星期，明白幸福不是必然。在俗套的人生價值裏，我匆匆看着病床上的眾生，我不知道他們患上甚麼病，但也沒有同病相憐之感，像動物園中的兩個籠子，大家有相同的孤獨，但漠不關心，無法撞進去，也無法走出去。

一個，又一個的籠。

有些人被關在傳染病房裏，像怪獸，在醫院以外的瞳孔裏。

在生老病死之間，我們遇上藥，那是自我安慰的象徵，在身體的痛楚深處，發光。像畸形的幸福。

醫院的起點是屬於母親的，終點也是一樣，我們必須拿着一份功課，朗讀給母親聽，這一生的冷與熱之間，有暖，也有涼。

而盡可能，不要哭。

假如獨往

回想在那個不明所以的晚上，拖着一個名叫情感的雜亂的行李箱，換上運動衣，沿着一條位於溝渠旁的行車道，跑着跑着，彷彿循環麻木的一圈又一圈，可以整理自己。然而混濁的溝渠和游泳池的消毒氣味，始終無法讓我靜下來，我坐在網球場旁的椅子上，等候一場突如其來的驟雨停下來。這個地方是九龍灣其中一個貼近民居的休憩空間，名叫佐敦谷公園。

無論快樂還是失落，很多時，你都是：一個人面對。

佐敦谷公園分若干部分，溝渠旁的左右兩邊是游泳池和網球場，兩者之間是一條行車道。行車道上你會遇到無數的陌生人。陌生的遇見並不值得留戀，只是細心一想其實彼此都背負着相同的壓力，活在同一個城市下，我們被無數的價值觀衝擊着：政治、經濟、社會、教育，還有自己的人生，被很多不重要的眼睛盯着，不是幸災樂禍，就是冷眼旁觀，竟然也可以養出安慰。跑道上的人們都仿似是積極的，為着自己的生活和健康打氣，更重要的是仿似要訴說一個遺失的道理：只要你堅持，就有成果；或者說，你的努力，是可以被肯定的。很多努力需要積聚，要有耐心，讓時間梳理情緒的紋理，忽然之間，便會明白了。

這場驟雨下完了，我搬離住了五年的九龍灣——我的第一所房子，那裏摻雜十分珍貴的記憶碎片。這是我生命中極重要的永遠不會忘記的一個空間。我工作的地點與九龍灣相似，在新蒲崗，這是一個迂迴曲折的舊區，我們仿似過大的鹿群，在狹窄的通道間亂衝亂撞，情緒像還沒有好好滋養的植物，還沒有開花結果已被連根拔起。我立志要出走，避開雜亂的九龍。在旺角、大角咀、將軍澳、調景嶺看房子，我篤定地決定：我不要從一個擠迫的地方搬往一個同樣擠迫的地方。

然而我並沒有深思熟慮，便選擇了搬往馬鞍山。我或多或少深信源自唐宋的「獨往」的生活態度：遠離凡塵俗務，在一個與工作環境完全不同的地方，重新尋找自己。譬如說，在一條只有三數人的海邊緩跑徑中展開腳步，在水平線的盡處，重新發問，「生活」兩字的意義。但要做到真正的隱逸，並不容易。像我選擇的新居處，也要連上地鐵站。

我只能說我真是一個徹徹底底的凡人，彷彿一旦開了大光燈，便看到身體上是密密麻麻的全是污黑的斑點。

像韋應物所說：「獨往倦危途，懷沖寡幽致。」誰又可以抵抗孤獨的侵襲？只有用年月和經歷一點一滴鑄成的心境，才有足夠的深度，擁有那純無雜質的空氣。

雨散了，抬頭又是一片澄明的天空。我拖着久傷未癒的左腳，繼續往林中的小徑跑過去，又發覺這種反抗，好像很愚蠢。

房子變成句號

當你關上門，再不會走進這所房子。即使有機會再走進去，那房子已經不是那房子。

關上門的一刻，百感交集。

我記得我好幾次夢見自己回到銅鑼灣舊居。大樓還是一樣，只是大堂不同了，升降機亦不一樣。升降機很危險，好像用木架撐着，隨時會倒塌或者停電。我住的房間也有點不一樣，多了一個房間，只是漏水不再是房子的窗邊，而是在浴室。整座房子比從前更整齊了，我的心情彷彿是愉快的，彷彿是因為有時候不一定要回家，可以有空的時候，去銅鑼灣坐坐。然後又旋即記起，為甚麼自己沒有交租，還有鑰匙開門？

這樣的夢，的確有好多次，場景沒有大變化，色調統一：潮濕、老舊。二十多歲的青春時光，為何迅速長出等待枯乾的藤蔓？

九龍灣的房子質素是好一點的，我首次擁有自己的房子。但裝潢是上一手業主的，主要是米黃色。我購置以白色和灰色為主的家具，希望營造一種和諧的感覺。事實上我並不大喜歡米黃色。當所有雜物都搬走的時候，下午的陽光照進米黃色的房子裏，走路的時候，都有空蕩的回聲。屋苑樓宇與樓宇之間緊密依存，光影更見層次。如果遠看一點你會發現黃大仙一帶的樓宇，還有獅子山和廣闊天空。樓下的大天橋依然車來車往，在空氣混濁的市區生活，我常常生病。這座房子也帶給我不少麻煩，要維修的是房子，也有感情。時光孕育傷痕、疤，疤有時候像蛹，竭力要從裂縫之間飛出一隻鳳蝶。

新居，我不需要半點米黃色，我用剔除法建立我自己，彷彿長滿了刺，告訴別人，我易於受傷，不想受傷。就這樣一個男孩可以變成一個男人？

搬家的時候，要整理一切雜物，回憶像衝撞的飛蟻，向光處飛撲過去。有時候要不慌不忙，好好堆疊，即使沉重，也要無意識地把它搬來搬去。除非你有決心和勇氣，把它丟掉，一了百了。飛蟻沒有碰見靜止的水，牠依然狂亂地，莽撞，或者說，迷失。

房子的構成，除了磚和水泥之外，還有記憶。只是沒有一種記憶不像流水，變幻不定，沒有雜質。流水如光，時明時暗，如果有些事情已經改變，要捨得鬆開握緊的拳頭，你才可以重新擁有。我明白，但不願懂得。

關上門，是不是也關上一切呢？我背着輕輕的背包，渴望終究有懂得飛翔的一天，然後開啟另一道或許是最後的門。

責任編輯：羅國洪
封面設計：黃進曦
內文插畫：黃進曦

書　名：於是送你透明雨衣
作　者：呂永佳
出　版：匯智出版有限公司
香港九龍尖沙咀赫德道二A
首邦行八樓八〇三室
電話：二三九〇〇六〇五
傳真：二一四二三一六一
網址：http://www.ip.com.hk
發　行：聯合新零售（香港）有限公司
香港新界荃灣德士古道
二二〇至二四八號
荃灣工業中心十六樓
電話：二一五〇二一〇〇
傳真：二四〇七三〇六二
印　刷：陽光（彩美）印刷有限公司
版　次：二〇二一年六月初版
國際書號：978-988-75441-4-2

香港藝術發展局
Hong Kong Arts Development Council 資助

香港藝術發展局全力支持藝術表達自由，本計劃內容並不反映本局意見。